"舒城红"系列丛书

风起转水湾

FENG QI ZHUANSHUIWAN

陈 胜/著

时代出版传媒股份有限公司
安徽文艺出版社

图书在版编目（CIP）数据

风起转水湾 / 陈胜著. -- 合肥：安徽文艺出版社，2025.3. -- ISBN 978-7-5396-8244-0

Ⅰ. I247.5

中国国家版本馆 CIP 数据核字第 2024ZH8878 号

出 版 人：姚 巍
责任编辑：周 丽　　　　　　装帧设计：褚 琦

出版发行：安徽文艺出版社　　www.awpub.com
地　　址：合肥市翡翠路 1118 号　邮政编码：230071
营 销 部：(0551)63533889
印　　制：安徽新华印刷股份有限公司　(0551)65859551

开本：700×1000　1/16　印张：12.25　字数：180 千字
版次：2025 年 3 月第 1 版
印次：2025 年 3 月第 1 次印刷
定价：58.00 元

（如发现印装质量问题，影响阅读，请与出版社联系调换）
版权所有，侵权必究

目　　录

第一章　觉醒湾湾／1

第二章　可怜卫东／7

第三章　贫困村史／12

第四章　参加高考／17

第五章　决战"双抢"／22

第六章　选举支书／26

第七章　下派干部／30

第八章　村民会议／35

第九章　天降瑞雪／40

第十章　难缠海波／44

第十一章　扶志海波／50

第十二章　初识香椿／56

第十三章　种植香椿／62

第十四章　香椿产业／66

第十五章　香椿节日／70

第十六章　销售困境／76

第十七章　突出重围／83

第十八章　回家看看／91

第十九章　统一思想／98

第二十章　初"合"成效／104

第二十一章　"合"出幸福／110

第二十二章　混出模样／115

第二十三章　科技攻关／120

第二十四章　一日之游／125

第二十五章　农家之乐／129

第二十六章　文旅相合／134

第二十七章　靓丽导游／139

第二十八章　脱贫检查／146

第二十九章　工作分工／151

第三十章　救治病人／156

第三十一章　光荣入党／161

第三十二章　农耕体验／167

第三十三章　开启秧门／172

第三十四章　晒谱活动／177

第三十五章　深化村史／184

第三十六章　难舍转水湾／190

第一章　觉醒湾湾

　　转水湾村的村址旁边有面土墙，有些年头了。村民习惯称其为土墙，但土墙不完全是土墙，它的底座是石头，大块的石头，四方四正地垒砌在地根上，石头上面是土。土的颜色与一般墙的土质颜色不一样，呈藏青色，是那种熟土。村民们讲，这种土是用工地上的大锅煮熟的，寸草不生，特别坚固。怪不得几十年还保持原样，原来有这来历。

　　这墙原为赵大财主家的院墙，据村民讲，当时这庭院为当地最大的地主庭院，庭院里有廊桥、流水、凉亭、假山、戏院，行走在庭院里，歌声悠扬，流水潺潺，如同游走在一幅优美的画中。

　　赵大财主不仅有财，还担任乡里的保长，有钱有势，欺压老百姓就是一个字——"狠"，按照老百姓的话说就是：吃人不吐骨头。十里八乡的人逃的逃、死的死，民不聊生。财主猛于虎也。

　　大家生活在赵大财主的阴影下，租种着他剥削来的土地，稍不如意，就遭到他家家丁的威吓。他家养的几条狼狗，更是狗仗人势。有这样的财主，转水湾真是一个人间地狱，人人自危，个个胆战心惊。

　　他靠着剥削穷人的手段，过着花天酒地的生活，家里建了豪华的庭院，还请了戏班子每天唱戏。他也知道老百姓与他为敌，因此他把家建得像个地堡一样，这院墙就如同城墙一样牢固。赵大财主常常在傍晚时分，牵着狗从墙下走过，看着巍峨的"城墙"，他的嘴角露出一丝得意的笑容,他想:我有这固若金汤的"城墙",那些穷鬼只有永远趴在我的脚下,听候我剥削的命。

但令赵大财主万万没有想到的是,不久后,有天夜里,一支队伍冲进了赵大财主"牢不可破"的堡垒,把他家砸了个稀巴烂,当场活捉了正欲逃往城里的赵大财主。他躲在床底下,哆哆嗦嗦地喊"饶命",但觉醒起来的百姓把他押向了审判台,接受百姓的审判。

天明了,大家一看,带领这支队伍的竟然是本村的青年袁孝存,村民们把他高高地举了起来。

"你出去干大事了呀。"人们欢喜地轻轻地捶向了他。

说起袁孝存,那可真是苦大仇深。他从小就与父亲在赵大财主家打长工,后来他父亲生病,赵大财主一分钱也不拿出来给他父亲治病,直到他父亲病故。袁孝存接替了父亲的长工工作,但实在忍不了赵大财主的盘剥,趁着赵大财主看管不严时,偷偷跑去参加八路军了。

这么多年来,袁孝存音信全无,有的说他参加八路军了,有的说他牺牲了,各种传闻都有。今天,他居然带领解放军战士镇压了赵大财主,解放了村民,大家心潮澎湃。

人民解放了,天晴了,逃难的老百姓纷纷回来了,他们分到了属于自己的田地,迸发出了万丈的生产热情。大家满面笑容,生活欣欣向荣,呈现出一幅生动的生活画卷。

大家打土豪、分田地,没有住房的贫农被分到赵大财主过去住的庭院里住。

"这玩意太好玩了,真是件大宝贝。"刚刚参加革命的袁孝存的堂弟小狗蛋,当时二十岁不到,参加斗争最有热情,过去他在赵大财主家打长工,受过压迫,对赵大财主最为痛恨。他摸着赵大财主留下的一块白玉,想把它砸碎,以解心头之恨。

"这是地主穷奢极欲的罪证,是剥削我们贫下中农的铁证,不能毁坏了它。"袁孝存参加过解放军,又刚被选为贫农协会的成员,有觉悟。

"是的,我家祖祖辈辈受尽了他们的剥削。"其他贫农气愤地说着。

"不但不能砸,我们现在还要保护好它,因为它已变为我们人民的财产。"袁孝存赶紧教育他们。

小狗蛋这才醒悟过来,他觉得堂哥袁孝存说得有道理,于是更加相信他了。

"过去与地主等反动势力作斗争,我们打倒了他们,农民翻身解放了,现在,我们要与什么斗争呢?"在一次村民大会上,袁孝存启发大家。

大家面面相觑,不知道怎么回答,会场上一片寂静。

"我们要与贫穷和愚昧作斗争。"袁孝存顿了顿,指明了最新的斗争方向。

据统计,中华人民共和国刚刚成立,全国5.5亿人口,文盲率为80%以上,成为制约中华人民共和国经济社会发展的巨大障碍。1950年9月,第一次全国工农教育会议在北京召开后,一场大规模的识字扫盲运动在全国各地迅速展开。

袁孝存果然是推动工作的能手,他迅速在村里举办了扫盲班,他要让穷苦老百姓能识字、看报,掌握最新的生产知识。他想象着翻了身的转水湾群众高高兴兴地白天干活,晚上就来到夜校,学习文化知识。

这些平时只知干活,从没进过校门的老百姓,现在要他们识字,这真比干活累多了。他们有的躲在家里,不肯出门;有的借口生病了,不去村里的学堂学习;还有妇女宁愿多生孩子,也不去学习。这可把乡里派下来的扫盲老师难住了。

这是与贫穷和愚昧的斗争,只能成功,不能失败。党中央发出了号令。

工作组下到村里来了，他们动员群众、组织群众，让他们认识到学习文化知识的重要性。

刘有福也积极参加了革命斗争，在扫盲运动中，他走在前列。

刘有福识文断字，他在扫盲运动中当起了急先锋。

"我们过去是与帝国主义和反动派斗争，现在是与愚昧和无知作斗争，这是巩固新生政权、建设我们美好家园的需要。"刘有福反复向大家做工作。

"为什么过去赵大财主能够欺压我们，因为他识字，他有文化，所以我们干不过他，不是共产党来了，我们就要永远受他欺压。所以，现在我们更要学习文化知识，掌握自己的命运。"刘有福苦口婆心地教育群众。

"是呀，我们贫困群众翻了身，更要识文断字，不然以后还会受人家欺压。"大家醒悟了，提高了觉悟，表示要学习文化知识。

一时间，群众纷纷被动员进了扫盲班。"为建设社会主义而学习！向愚昧宣战！"成了村里最响亮的口号。

为了尽快识字，刘有福想尽了各种办法，他们把绳子套在脖子上，就叫"了"；把棍子中间折断，就叫"半"；第一次见面的同学，就叫"生"。村里的翻身农民刘庆嫂学习最积极，一个星期认识很多字，还获得班里颁发的"扫除文盲奖"。

农民翻了身，学习了文化知识，不久又参加了互助组，大家的生活越来越好了。

大家意气风发，以一往无前的精神，推动村里发生着几千年以来未有之变化。

中华人民共和国成立后的村民有着无穷的干劲和动力，他们有着使不完的劲，党和政府提出的每个号召，他们都不讲代价、不计辛劳，夜以继日地去完成。

转水湾村民有如他们的先祖一样，不畏千难万难，远涉千山万水，从遥远的瓦屑坝迁来。今天，他们又要与水斗争，要修建一项浩大的工程——龙河口水库，要带给村民福祉。

刘有福是研究历史方面的专家，他以翔实的数据和事实表达了舒城人民对水库的渴望：舒城人民太需要一座水库了，这里地处江淮分水岭，"大雨大灾，小雨小灾，无雨旱灾"。1383年至1949年的566年间，当地志书有记载的水旱灾害达357次。每逢大旱年份，"赤地千里，籽粒无收；担水千文，斗米千串"等记载令人触目惊心。1950年，淮河流域遭遇百年不遇的特大水患。毛泽东主席先后4次做出根治淮河的批示，发出"一定要把淮河修好"的伟大号召。

"再苦再累，也要建好龙河口水库。" 1959年，舒城县人民政府县长、水库工程党委书记李屏在转水湾召开动员大会。他号召年轻人积极参加水库工程建设，与水斗争。

修建水库是继转水湾村民斗倒赵大财主后又一伟大壮举，在县长的鼓舞下，刘有福带着自己的孙子刘卫东和村里的广大年轻人走向了水库工程工地。他们组成了董存瑞战斗连，光着膀子，在工地上呼呼地拉着石滚，如风一样呼啸而过，成为工地上一道亮丽的风景线。

当时中华人民共和国刚刚成立，生产力水平还非常落后，转水湾的青年们迸发出了无穷的干劲，肩挑手扛，以最原始的办法与地斗争、与水斗争，始终保持着昂扬的斗志。

在那特殊的年代，饥饿始终是萦绕修水库的勇士们的最大问题，有的人干着活就晕倒在工地上。李屏县长从山东老家运来了一批山东红芋，专门拨了一批给转水湾的青年们。看着县长对自己的关心，大家感动得流下了眼泪。

战天斗地的岁月里，转水湾的年轻后生们将生死置之度外，在大坝合龙截流时，他们跳进水里，堵住洪水，楔入木桩，为大坝合龙做出了牺牲。

与反动派斗争，与愚昧和无知斗争，与水斗争，短短的时间里，转水湾的群众把几千年积蓄的能量全部发挥了出来，以冲天的豪情和惊人的毅力翻开了历史的新篇章。

第二章　可怜卫东

历史的大潮滚滚向前，有些人紧跟上时代的步伐，虽然一开始是落后的，但只要跟上了，就是明智的，甚至可以成为时代的弄潮儿。但有些人，抱着老思想不放，沉湎于过往的历史中，不能自拔，最后被历史抛弃，成为一个可怜的人儿。

有人会问，可能是老年人思想顽固、僵化，所以跟不上时代的节拍，容易被时代甩在后面；而年轻人，思想活跃，容易接受新事物，所以他们是时代的引领者。这如果放在常识里是讲得通的，今天的爷孙俩却正好相反。

爷爷就是上文一直扮演重要角色的刘有福，你看他，参加扫盲运动，参加水库建设，建设社会主义新社会，他满腔热忱，还有那么一腔情，那么一股劲。他的孙子呢？就是刘卫东，思想却与他的年龄完全相反，抱残守缺，想象着他祖上的荣耀，活在那虚拟的光环里，想以不劳动、不努力而获得地位、尊严和门面。他的梦想能实现吗？

时间一晃二十多年过去了，到了20世纪80年代，刘卫东也意识到少年时的无知，他对当年不好好学习深感后悔，但一切都来不及了，光阴一去不复返了。他常常一个人躲在墙角，偷偷地落泪。

他想学习，错失光阴；他想上进，苦无门路。就这样，他成天游手好闲。大家认为他是一个不诚实的人，家里又那么穷，没人给他介绍对象，至今还是光棍儿一人。但他毕竟读了一点书，在村里算粗识文墨之人，有时还来句"之乎者也"，所以大家索性称其为刘秀才。

这时村里已实行包产到户了，他的日子很难混下去，他就天天到村部混，这里经常聚集一批闲散人员。

刘卫东是这里的常客，他总摇着破扇子，就像电视剧里的济公一样，摇头晃脑的，别人讲话，他就插上两句。他分析当时的苏联形势：你们不要被苏联吓怕了，它是纸老虎，外强中干，它就那么点人，还到处驻军，还欺负这欺负那，它迟早要完蛋的。他讲得头头是道，眉飞色舞，人们被他的大话吓得谁也不敢作声。之后一看到他来了，人们就远远躲开了，因为怕他连累到自己。这样，刘卫东就越发落魄了。

毕竟读了一点书，为了生计，刘卫东还是有办法的。穷困潦倒之际，他到村里的一处商店旁搭了一个台子，放了张桌子，桌子上扯起了两块红布，用毛笔手书：刘卫东神仙下凡，我来算丝毫不差。原来他开了家"神仙算卦站"，干起了算卦营生。

家门口的群众对刘卫东知根知底，很少到他那去，基本不买他的账。但有一次，村里一位袁氏老太太，家里丢了一只老鹅，她从傍晚找到星星满天，也不见老鹅的踪迹。这可把老太太急坏了，她找到了刘卫东，刘卫东问了老鹅早上离家的时辰，然后闭上眼睛，默念了一会儿，突然睁开双眼，大喝一声：在村里东塘的水草下面。老太太赶紧跑去寻找，果然，老鹅在水草的覆盖下，头弯曲在背上，正浮在水上睡得很香。老太太激动坏了，抱起老鹅，就向"神仙"道谢去了。

老太太快人快语，第二天就把刘卫东的故事到处宣传了一番，村民们将信将疑。

村里老张的儿子12岁，读初中一年级，平时乖乖的，成绩也挺好，老张一说到儿子的成绩，就咧开嘴自豪地笑了。但上次学校组织的考试，孩子名次降了十多名，老张可坐不住了，不给儿子好脸色看，老婆就对孩子责骂了几句，哪知现在的孩子打不得、骂不得，当天晚上就离家出走。这可把老张夫妇俩急得如热锅上的蚂蚁，赶紧出去寻找。一夜时间，夫妇俩找遍了所有的同学和亲戚家，音信全无。晕头转向的老张只好死马当活马医，找到了刘卫东。刘卫东掐指一算，后又闭上眼睛，默然无语，约莫三分钟后，睁开双眼，拿出纸笔，写上几个字，然后交给老张，叫他拿回家看，天机不可泄露。

老张如获至宝，赶紧回家，打开一看，上面写的是"东南方，县城宾馆"。老张不知是真是假，就发动亲戚和邻居到县城各宾馆挨家寻找。果然，老张在一家私人宾馆的客人登记簿上找到了儿子的信息。当打开客房门时，儿子正呼呼大睡。

这真是最有说服力的广告，"神仙"的名气在十里八乡传得更响了，人们索性称他为"神仙"。

"神仙"风光无限，钱也如流水一样涌来，但好景不长，村里要开展精神文明建设，取缔了"神仙"的算卦站，刘卫东到村里闹了几次，但大家都不搭理他，他也只好作罢，但把这生意转入家里偷偷地干。

村干部都知道"神仙"还在悄悄干，但为了息事宁人，大家也装作不知道。

这懒人还真有懒福。这时，上面号召，各村要编一本村史。这可把村干部难住了，哪有什么村史？祖上的事谁知道？找不到根据。再说，谁会编呢？村干部文化程度都不高，村民就更不用说了，斗大的字认不了几个。

"有一个人大家看可行？"村书记不紧不慢地抛出了话题。

"谁？"人们睁大眼睛盯着这位年近六十的老书记。看他头发花白，胸有成竹的样子。

"刘——卫——东。"老书记慢腾腾地吐出了这三个字。

"他？能行吗？"人们睁大了惊奇的眼睛。

"不就是那个算命占卜，坑蒙拐骗的人吗？"有村干部明显不同意。

"现在只有找他。他有几点优势：一是他的爷爷对我们的家史和村史有一定的研究，是过去的老学究，所以他家学渊源颇深；二是刘卫东有一定的文化基础，文化知识比我们多；三是他缺少的是一个舞台，如果有了舞台，他会做出一番事业的。因为他本质上是好的，还是上进的，只要我们把他引到正道上来，他还是有一定可塑性的。"老书记果然是老书记，总结起来也是很有说服力的。

德高望重的老书记都这样说了，并且理由充分，大家也就不好说什么了，就把刘卫东招来专门从事村史研究。

有这等好事，刘卫东可激动得不得了，他想这要是被政府收编了，那还得了，媳妇也好找了，家族也有荣光了。

"还是祖上皇族的荫庇，让我能到村里去上班。"他去刘信的墓上烧了一炷香，感谢祖上的荫庇。他又去理发店理了理头发，把保留多年的八字胡子也刮干净了，他要焕然一新地到村里去上班。

"神仙"要研究村里的历史了，村民和他开玩笑："你不仅要算人家的来世，现在还要算人家的前世。那你把我们算算，我家的祖上当什么官？我的子孙还能当官吗？""神仙"一本正经地说："我现在不算命了，我正儿八经地研究村里的历史了，政府叫我干事，我就要好好干。"大家哄堂大笑而去。

研究村史，"神仙"虽然会算，但在毫无资料可查的情况下，他也难为无米之炊，村里的几个大姓，如袁、陈、赵、杨、文、张，常自称他们的祖先来自江西瓦屑坝。但这只是传说，没有真凭实据，他不能凭空杜撰吧。要着手研究，家谱是第一手资料，但他祖上没留给他家谱。

没奈何，他只好找其他姓氏人家要家谱研究，但村民根本不相信他，谁会把自家的宝贝借给他。他抓耳挠腮，一时焦头烂额。

还是袁氏老太太感谢那晚刘卫东帮她算到了老鹅的下落，说服家里人把袁氏家谱借给了刘卫东。

老书记果然眼光犀利，他没看错人。刘卫东从此一头钻进书房里，开始埋头研究了。列卫东常常从早晨开始，一直忙到后半夜，劲头堪比高考生。

第三章 贫困村史

刘卫东成了研究村史的人,虽然不是村里的正式编制,但有了补贴,有了地位,他的身价马上就升高了。在老书记的撮合下,他找了村里的张寡妇结婚。张寡妇是前几年丧夫的,带着一个儿子张小林,俩人相依为命,生活非常艰苦。其实当时就有人撮合他俩,但张寡妇嫌刘卫东不诚实,没有正当的职业,始终没有同意。现在,村书记来撮合,她不能不给老书记面子,再加上刘卫东又在村里有了事做,这身份又不一样了,所以,她也就不好意思地红着脸同意了。

有了工作,有了工资,有了老婆,还有了儿子,刘卫东高兴得不得了,他研究村史的劲头更足了。他非常珍惜现在的一切,也渐渐意识到,靠祖上是不行的,还是要靠自己,靠乡亲的帮助,靠村里的支持和关爱。

好不容易有了一家人,刘卫东呵护着老婆和儿子,把张小林看作自己的亲生儿子,自己不吃不喝也要把娘俩生活搞好。

男子汉就要有责任和担当,不把家里人生活搞好,怎配得上男子汉这个称呼?刘卫东一下变得特别诚实和肯干起来,在村民中树立了一个高大的形象。

这时的转水湾已从人民公社体制转到了家庭联产承包责任制,村里的变化慢慢呈现出来。

此时，有个小道消息不胫而走：江西那边正在开发，需要大批农民工挑土方，工钱相当可以，穷怕了的村民一听说有这个机会，他们非常积极，要抢着去那里淘金。

当时的村领导很是敏感，他们查找信息来源。原来这信息来自刘卫东。

刘卫东的爷爷刘有福还是有心计的，他当年与村里人一起去了瓦屑坝，虽然没寻到根，但他留下了当地人的联系方式。在他去世前，他把这些信息交给了刘卫东，说哪一天说不定能派上用场。刘卫东当时也没当回事，随手把这些写有江西那边地址的纸条放在一边，也没理会。但现在改革开放了，听说那里正在大开发、大发展，刘卫东找到了那些落满灰尘的纸条，试着写了一封信给当时的生产队长，没想到，时间不长，还真收到了老队长的来信。信中，这名生产队长描述了改革开放后的变化、农民收入的提高，以及正在开发的工程。刘卫东如抓住了救命稻草，他试着介绍村里的年轻人到那里去务工。

"呵呵，没想到江西老表那么爽快，立即就答应了。"刘卫东逢人就夸。

"这可靠吗？"村干部也拿不准，问刘卫东。

"可靠！"刘卫东拍着胸脯。

有如他们的祖先那样，村里的年轻人又一次开始了跋山涉水，他们来到了江西。当看到"瓦屑坝"三个大字时，大家突然感觉是那么亲切，犹如回到了老家。

这是一种极其辛劳的活，一百多斤的土方，一次来回五六里，从早到晚，要挑七八个来回，大家都争着多挑，因为一个来回就能赚三元钱，这相当于生产队一个月的工分。大家拼死多干多挑，他们实在是穷怕了。

第三章　贫困村史　13

"真是皮都累脱了。"一到晚上，大家就摸着红肿的肩膀，痛苦地龇着牙。

虽然挑土方很累，但村里人还是抢着去、争着去，他们生怕错过了干活的机会，更多的年轻人找到了刘卫东。

刘卫东一下成了村里的红人，过去没人搭理的他，现在成了村民眼中的香饽饽。

通过刘卫东的牵线搭桥，村里的袁、陈、赵等大姓人家立即与瓦屑坝那边联系上了，整个村庄的年轻人几乎都过去挑土方。

他们又回到了祖先的老家。在干活的间隙，他们叙说着家史，再仔细核对两边家谱，还真对上了。原来是一家人，他们按照家谱的记载，以辈分相互称呼，他们更亲了。

刘卫东从老家赶过来了，他要看看大家在这里干得怎么样。

刘卫东识文断字，嘴又能讲，很快与瓦屑坝的村民热络起来。

转水湾年轻人那么拼，刘卫东流泪了，江西老表看得都格外心疼。

"都是穷怕的。"刘卫东不断地向江西老表解释道。

"会穷成什么样呢？"江西老表很好奇。

"以前我们那里的贫困，你是难以想象的。"一说到贫穷，刘卫东的眼圈竟然红了。

"你们听说过盖秧被吗？"刘卫东抹了把眼泪。

大家面面相觑，不知道什么是秧被。

"把插秧留下的秧苗洗净晒干，用秧苗编织被子，称为秧被。因为秧苗是绿的，秧苗的根须是白的，带有软软的毛，这被子既柔软又实用，可以贴身。"刘卫东讲起了盖秧被的历史，人们睁大了好奇的眼睛。

"睡稻草、盖秧被，我们家家都这样。"刘卫东说着不堪回首的往事。

"天为被，地为席，山河为枕，星星相伴。"江西老表觉得挺浪漫，吟起了诗。

"没有那么浪漫，那时真苦呀。"刘卫东看了看江西老表，纠正道。

"没有衣服穿，只有自己织布做衣；没有地方住，自己搭建一间茅草屋。人们像牲口一样生活着，能活下来就很不错了。"刘卫东诉说着那时候人们的苦痛。

"那时盛行童养媳，小小年纪就被送到婆家生活，十一二岁就成婚，懂个啥呀？"说起村里的过往，刘卫东不禁唏嘘。

"生孩了就更可怕了，妇女生孩子就如同在鬼门关前走一趟，我们村很多妇女就是生孩子时死去的。"刘卫东不禁叹息起来。

"这生活也太苦了吧？"江西老表也感同身受。

"是呀，事非经过不知难，我们是从一路艰难困苦中爬过来的。"刘卫东感觉是在对大家进行忆苦思甜教育。

不过，老表们还是被他讲得感动了，他们静静地听着，有的人还悄悄抹起了眼泪。

刘卫东说："村里那时没有火柴，没火怎么生活？村民就在山上找一种蒿草搓成细绳，又到山上找一种火石一样的石头，然后到铁匠铺买一种铁片，用石头和铁片摩擦生出火花点燃细绳，就这样生出明火。"

这不是原始社会生活吗？老表们简直不敢相信，在现代社会还有这样落后的生活方式。

"是呀，这是中华人民共和国成立前的生活。"刘卫东感叹道。

他说："20世纪50年代，农田要整，水库要修，水利建设要大干快上，公社又刮起了入社风。对这股风，大家心里很有顾虑。生产资料较多较好的，怕入社后收入减少；一些鳏寡孤独户劳力弱或没劳力，怕派不到活，生活困难无法解决；还有少数老人怕土地交公后，死后没坟地。干部们又没有做细致的思想工作，生产造成了极大的混乱，群众的生活陷入了困境。

"冬日里，除去讨饭的，贫困又无所事事的群众就围拢到赵大财主留下的并已贴满牛屄屁的土墙下。当年打倒赵大财主时，这庭院里的房子被分给了几户贫农居住，庭院成了生产队的仓库和牲畜棚。岁月侵蚀，当年的庭院已被毁坏殆尽，只剩下这面墙孤零零地立在那里。

"这墙面朝东南方向，因此，西北风无论怎样使劲地吼着，这里都是不受影响的。他们端来了一条长凳，大家围坐在一起，笼着手、聊着天。有人抽起了旱烟，有烟瘾的社员们伸手向他借来一支。这虽然只是一支烟，但是要还的，下次遇到一起时，你要主动还上人家一支。

"太阳暖暖的，聚集的社员越来越多，大家你一言我一语。

"直到中午，人们才打着哈欠回家吃饭。他们似乎已满足于这样的生活，在漫无目的中把日子打发过去。

"转水湾的群众似乎已习惯了贫困。中华人民共和国成立前被赵大财主压榨，饥寒交迫；中华人民共和国成立后土改，才过了一段好日子，直至改革开放后，大家又迸发出了生产热情，但也只是解决温饱问题。

"几千年、几百年、几十年，我们村好像从来就没有富裕过，吃不饱、穿不暖，勉勉强强把日子糊着。"刘卫东讲起村里的历史，头头是道。他讲得唾沫星子横飞，老百姓也相信他了，因为他是村史的研究权威，把哪家从哪来、祖上干什么的、出过什么大官，都摸得一清二楚。

"但这样的日子一去不复返了，我们正在改变贫困生活，走向更好的生活。"刘卫东望着生龙活虎、正在工地上奋战的年轻人，对未来充满了无限的期望。

第四章　参加高考

刘卫东的儿子张小林高考又落榜了,他不想再去复读,他看着村里人都去江西那边挣钱,他的心里也痒痒的,他想改变家里的贫困面貌。母亲张寡妇当然死活不同意,就这么一个儿子,她要留在身边,好好陪她,以后给他说媳妇,她就在家带孙子,一家人其乐融融多好。母亲的心情可以理解,但年轻人怎么能窝在这狭小的天地里?他要出去经风雨、见世面。他最终来到了江西的工地。

张小林到工地三个多月了,这三个多月,他感觉比平常的三年还要长。每天天不亮就被一阵阵嘈杂声吵醒,哨子声、哈欠声、抱怨声,还夹杂着尿尿声,张小林也被迫起床了。他睁开惺忪的眼睛,房屋里早已一片狼藉,工友们找着自己的鞋和袜,整个房间里弥漫着汗味、脚臭味。张小林突然发现昨晚脱掉的那一双袜子不见了,他紧急加入寻找衣服的大军中,如果找不到,今天他就要光脚穿鞋上工地了,好在他在裤筒里找到了他的那双臭袜子。

张小林拖着疲惫的身子,上了工地。他拿起扁担,这根从老家带来的扁担,是用毛竹做的,经过这么长时间的使用,扁担越发好使。张小林挑起土方,踉踉跄跄地跟着大部队,人家是大踏步向前讲,他却是艰难地挪动着步子。他龇着牙、咧着嘴,如千斤重担压在肩上,有一种被压垮的感觉。有好几次,他挑着土方跌倒在工地上,但好强的他又爬起来，他不想让人看到他落魄的样子，挑起土方继续前行。他咬着牙坚持着，但这样的日子实在受不了了，他早就想逃离，逃回家乡，享受那种轻松和无拘无束的日子。但他知道，过去的生活，现在可能再也享受不到了。

想当初，张小林是很上进的小伙，他的梦想是长大后当一名军人保家卫国。但高考失利，复读后他又以仅差一分的成绩再次落榜。他不能复读了，家里实在太穷，他放弃了。他的学业中断了，他的梦想也碎了。闲暇的时间里，他就翻看爸爸刘卫东研究村史的书籍，他被里面的人物和故事吸引了，常常一个人躲在某个拐角静静地读起来，竟忘记了吃饭和休息。

张小林时刻关注着家乡的变化，但他更关注高考的情况。工地上的工友经常讲起村里人谁考上了中专、谁考上了大学、谁吃上了商品粮，讲得张小林心里痒痒的，勾起了他的高考梦。

张小林变得沉默了，白天他使劲地干活，晚上他沉思着，有着无限的心事。他买来了一台红灯牌收音机，晚上，把收音机放在耳边，一个人悄悄收听着新闻。他从新闻中听到无数学子高考备战的状况，特别是报道中国科学技术大学少年班的学生少年得意、意气风发的精神风貌，令在工地上苦苦劳作的张小林无比振奋，他举起拳头，向天一挥，大吼一声：少年当自强，吾辈岂落后？

生活的艰难，上大学的荣耀，激起了他藏在内心多年的激情。他要读书，他要圆自己的大学梦，他要成为一名对祖国有用的人才。

张小林决定回乡读书，考上大学，为祖国的发展贡献自己的聪明才智。

张小林回乡了，三个多月不见，又黑又瘦，母亲心疼得不得了，赶紧打蛋下面，给儿子补补身子。

张小林约了村里的小军、芳芳，他们是当年的高中同学，一起来到县城备战高考。

张小林、小军、芳芳是最后一批才到的学生，当时班上的学生已满了。校长早就表示，绝不能再收学生了，否则教室坐不下。但张小林他们三人拖着行李，站在校长办公室门口，苦苦哀求。校长不理他们了，他们就是不肯离开，不吃不喝，三天三夜站在校长办公室门口。校长只好答应他们三个人的请求，把他们安排进了教室。

这是一间用仓库改成的临时教室，没有窗户，于是在墙上砸了几个洞，用报纸糊着，用以透光。桌子是临时拼凑的，高的高，矮的矮，长短不一。来此的学生们，年龄相差较大，三十多岁、二十来岁的都有，他们大多留着平头，脸上黝黑，手粗糙且老茧厚，穿的中山装已明显褪色。

这是一群刚从工地上或田地里爬上岸的农村青年，他们的身上还带着泥巴，带着汗臭味，但他们怀揣梦想，期待改变命运，就这样把荒废的学业重拾了起来。

他们没有课本，没有辅导读物，就把老师讲的内容迅速记录下来，他们的手由于长时间没有写过字，很笨拙，歪歪扭扭的字体只有他们自己才能辨认出来。他们又是那样执着和认真，如海绵遇到水一样，不断地吮吸着知识。他们恨不得一天就要把所有的知识都学完，夜以继日，挑灯夜战是他们的常态。

张小林紧紧抓住这难得的学习机会，他学习十分刻苦，当时在工地受了多大的苦，现在就用多大的努力来补偿。他的家很穷，代数书、英语书、语文书都要花钱买，当时在工地上赚的钱，都交给家里了，他连生活费都没有，哪里有钱去买书？但张小林有办法，他借来了一张张白纸，把书上的内容全抄到了纸上。白天抄、夜里抄，手都抄麻了、抄酸了，但他毫不懈怠。他生怕耽误了哪怕一丁点时间，他要把浪费的光阴全部补回来。

夜里，其他同学都回寝室休息了，只有张小林还在苦读。他解方程、背诵英语、温习古文，就这样，他交替学习，让大脑始终保持清醒。教室没有电，用的还是煤油灯，他把灯芯调到最小位置，为的是节约煤油。在这微弱的灯光里，他废寝忘食，熬了一个又一个通宵。

一年的复读时光是漫长的，因为这一年他们太辛苦了，三更灯火五更鸣；一年的时间是短暂的，因为他们要学的知识太多了，他们总觉得时间不够用。这一年，张小林每天都过得那么充实。这一年，他把过去的时光全补上了。

结果在所有人的预料之中，那一年，张小林、小军被录取了，可惜芳芳落榜了。芳芳躲在家里哭了三天三夜，不吃不喝，家里人急得团团转，只好找到了张小林。张小林安慰她、鼓励她，她的心情才稍微好点。

村里一下出了两名大学生，如惊雷一样，全村、全乡震惊了。他们一下成了别人家的孩子，成了孩子们学习的榜样。

榜样的力量是无穷的，村民们突然地开始空前重视起自家孩子的教育，村里立即对转水湾小学进行了翻修，土教室改成了砖教室，土课桌改成了木课桌，窗户安上了玻璃，不受西北风的侵扰，通往学校的泥巴路铺上了渣土，下雨天不会泥浆飞溅了，学生的学习环境一下改善了许多。

村民一看村里这样重视教育、重视学生，对村里的领导也就多了几分敬佩，工作上也配合了许多。

把下一代的教育问题解决了，可以说解决了村民的后顾之忧。教育问题始终是村民的头等大事，搞不好孩子的教育，家长认为人生就失败了一半，那一切的奋斗又有什么意义呢？

翻开转水湾的历史，村民是有尚文风气的。"一等人忠臣孝子，两件事读书耕田"几乎是家家的专用对联。"耕"是生存之本，"读"是升迁之路，这是中国传统农业社会的生存形态，多少农家子弟都梦想通过这条路来改变自己的命运，转水湾村自然也不例外。

但曾几何时，像刘卫东这样有文化的人都过得那样寒酸，连个老婆都差点讨不起。

现在最得意的人就是刘卫东了，儿子张小林考出了好成绩，上了重点大学，现在他在村里说话都响亮了，叉着腰，眉飞色舞，向人们传授着教子方法。

"昨夜西风凋碧树，独上高楼，望尽天涯路；衣带渐宽终不悔，为伊消得人憔悴；众里寻他千百度，蓦然回首，那人却在灯火阑珊处。"张小林工工整整地抄下王国维借以总结的人生三大境界的诗句。"这是为自己而写，只有经历，才会真切。"张小林写下了自己的感悟。

出门上大学的头天晚上，张小林无比激动，他约来了芳芳，坐在家门前的那个田埂上，畅谈一宿。他鼓励她：再复读一年，我们相约在大学中。但她坚决地摇了摇头，他流着泪离开了。

第五章　决战"双抢"

被激发出生产热情的村民们首先想到的就是种植粮食,因为那时最紧缺、大家最渴求的就是粮食。虽然转水湾村是个以丘陵为主的村庄,全村占地面积3.75平方千米,耕地只有1689亩,林地911亩,水面112亩,其他都是丘陵地带。村里传统种植的基本是一些经济作物,如香椿、板栗、油茶等,水稻还是排在末位的。但大家管不了这么多了,吃饱肚子是当时最重要的事情,所以大家争先恐后地把种植水稻放在首位。

芳芳不想去复读,她认为现在改革开放了,只要好好努力,在哪干都可以干出名堂来。她现在要适应这农村生活,她要干农活,为家里减轻生活上的压力。

其实芳芳小时候也做过农活,她还是一个割稻、插秧的好把式,但等上了高中,家里人为了不耽误她的学习,就再也没安排她干过农活。所以,她有干农活的基础,上手也很快,成了家里干活的一名得力干将。

但对芳芳最大的考验是"双抢",这时正是三伏天气,太阳照在身上,走一步路都大汗淋漓,但这正是早稻收割、晚稻栽插的"抢收、抢种"时节,前后二十天左右。为什么要"抢"呢?因为七月中旬早稻才能成熟,收割后,得立即耕田插秧,务必在立秋前将晚稻秧苗插下,这样才能保证产量。如果把不住立秋抢种关，收成将大减，甚至绝收，所以要抢收抢种。

进入七月，热浪席卷而来，这时的稻穗黄了，一块块稻田像铺上了金黄色的地毯。七月中旬，也就是要准备"双抢"了。开镰割稻的前一天，家里总要称点肉，或杀只鸡，好好给身体补充能量，也算是个仪式吧，为第二天的"双抢"壮行。

第二天早上四点左右，芳芳就随着父母起床了。她揉着惺忪的睡眼，拿起镰刀，向一望无垠的稻田进发了。田野里铺满露珠，风一吹就滚落下来。她左手抓住稻棵，右手挥动镰刀，一棵一棵，手起刀落。每次横向割六七棵稻，放到身后码放整齐，再顺着纵向路径，向前移步，割几行就打个稻绕子。她飞快地割着，但不一会儿，腰也酸了，腿也疼了，甚至眼冒金星。

烈日早已升起，望着一望无际的稻浪，芳芳都有点怯意了。这时早已超过她的妈妈鼓励道："不怕慢，就怕站，跟上来。"她只好硬着头皮，继续割稻子。

吃过早饭，芳芳又与大家一起出发来到了稻田。上午的阳光已显出它毒辣的本性，毫不留情地泼洒在她娇嫩的身上。她全副武装，戴着草帽，穿着长袖褂，还戴着护袖，穿的也是长长的裤子，要把阳光完全挡在她的发肤之外。

中午至少要干到十二点才能回去，回家后芳芳就倒在凉席上。没有电扇，没有空调，她只好用蒲扇使劲地扇着，给自己带来一点微弱的凉风。

经过中午的休息，芳芳的体力稍有点恢复，她走向田地，但下午的太阳更加毒辣，真感觉身体像要被点燃。她也顾不了这么多了，弯着腰，挥舞着镰刀，一趟趟地跟上大家的节奏，把劳动的辛苦抛到九霄云外。

对这样的活,芳芳早已有思想准备,她小时候就在农田里干过,她知道稼穑之艰辛,所以就刻苦读书,但没有考上大学,她也只好接受这残酷的现实。

这只是割稻,还有更辛苦的插秧考验着芳芳。

早上四五点就起来拔秧,有更早的,深夜两点钟就起来拔秧,只有这样,才能保证当天内有足够的秧栽。

芳芳备战高考也没这样拼过,但现在,她只能豁出去了。

插秧是在水田里进行的,相比割稻,炎热程度就小多了。但插秧最大的感受就是腰疼,一弯就是好几个小时,甚至半天,最多偶尔直几下,这时感觉腰都要断了,有时时间长了直起腰,天旋地转,人都有倒下的感觉。

实行家庭联产承包责任制后,家家户户都这样独立地生产,依靠各自家庭的力量,下种、插秧、割稻、犁田、打耙、灌溉,男女老少齐上阵,这样极大地调动了人们的生产积极性,但对小家庭,特别是缺劳动力的家庭是极大的考验。在"双抢"季节,有劳动力的家庭,迅速地投入生产,起早贪黑,在立秋之前就能颗粒归仓,就能插完秧苗。小家庭呢?紧赶慢赶,可能也难把立秋关。

作为一名年轻的知识分子,芳芳在思考着这样的生产是否适应当前农村生产力的发展。她有自己的亲身经历,有自己的调研和独立的思考。晚上,她如同复习准备高考一样,伏在书桌上,写下了自己的认识:当前农村实行的家庭联产承包责任制,明确了各自的权利和义务,打破了干多干少一个样、干好干坏一个样的大锅饭局面,极大地调动了农民的生产积极性,在短期内,有利于生产的发展和农民生活条件的改善。但随着生产的发展,在若干年后,这样的局限性也是显而易见的。

要真正促进生产力的发展，土地的适度规模经营是必要的，但这样一家一户的生产方式，很难适应大生产的发展。转水湾作为丘陵地区，应宜粮则粮、宜林则林、宜渔则渔，不能千篇一律。这里的香椿种植是很有传统的，可以促进农民收入的提升，我认为可以在这方面加大调研和推进的力度。

芳芳对当前农民生产积极性的高涨是不吝赞美之词的，她说家庭联产承包责任制，既不同于几千年来的土地私有制，也不同于"一大二公"的土地公有制，它保证了土地的国家属性，极大地调动了农民的生产积极性，对保证农民能吃饱饭、解决温饱问题有着现实而深远的意义。为有这样的创新发展，我们应感到欢欣鼓舞。

一切如芳芳料想的那样，转水湾村实现了粮食生产大丰收。转水湾村民第一次真正吃饱了肚子，乡亲们不再为吃饭而煎熬了。就此一点，也不能不让人感叹：我的天啊！

不仅吃饱了饭，一些人家还吃上了大馍、水饺，过节还吃上了汤圆，一些手巧的家庭妇女变着法子做各种好吃的，手抓饼、玉米面馍等，令小孩子们垂涎三尺。阙店乡街道也繁华起来了，街上的点心品种格外繁多，有一种早点，当地人叫"西西头"，一个农民一次性能吃上十多个。

山还是原来的山，人还是原来的人，阙店河依旧唱着它不变的歌谣。但转水湾村确实变了，变得有些让人不认识了。

第六章　选举支书

转水湾几年内发生了巨大的变化，这是几千年未曾有过的，但随之而来的问题是，村民大多抱怨没钱花。

现在干什么事都要花钱，小孩上学要花钱、老人看病要花钱、买化肥要花钱、购置生产资料要花钱，特别是人情往来更要花钱。农村有句话讲：人情大似债，头顶锅要卖。钱成了村民最头疼的大事。这真应了那句话，发展起来的问题比没发展时的问题更多。

解决温饱问题，这只是第一步，我们还要奔小康。

就在这紧要关口，村民推荐了年轻后生赵后年。

赵后年，他能行吗？

赵后年目前是村里的文书，在大家的印象中，他的话很少。多少年来，他一直做着村里的会计，很少出去活动，靠拨拉着算盘珠子，做着日常而琐碎的工作。

其实，大家看到赵后年的木讷只是他的表象，他的内心有着一团燃烧的火。他高中毕业后就到了部队的大熔炉里，见识了很多，也有了他报答家乡的情怀。退伍后，他到苏州打工，在外打工的一年里，外面世界的繁华也令他大开眼界。当时他在一家电器企业里，拼命地学技术、学管理。当时面对员工上班时间三心二意、打瞌睡等现象，企业老板安排赵后年为企业制定一项工作制度，规范员工上班期间的行为。经过两个多月的调研和思考，赵后年制定了三十项工作细则，其中有一项叫作"150度"工作要求，也就是腰弯不能超过150度，否则就视为打瞌睡。这项制度至今仍在沿用，三十项工作细则经过不断完善，已成为企业运行的一个基本规章制度。

春节返乡，赵后年看到村里的年轻人大多外出，村里的土地已有部分撂荒，过去郁郁葱葱的山头已无人打理。赵后年有了深入的思考，他认为作为一名有志青年，不仅要自己发展得好，还要为父老乡亲谋发展，要为家乡谋发展。如果大家都往外跑，那家乡怎么办呢？

赵后年决定回乡带领大家一起发展。

赵后年主意已定，他的内心有点波动起来。作为一名有着责任感的男子汉，他会权衡利弊得失。他深知一名村干部的责任和奉献，如果真的当选村干部，以后家就顾得少了，赚钱养家的能力也弱了，以后的家庭重担就主要落到妻子身上。

村干部只有舍得了小家，才能为大家做更多的事情，才能在乡村规划和发展上有话语权，才能为家乡、为父老乡亲做更多的事情……

他想和妻子商量一下，听听她的意见，也是对她的尊重。

他走到门口的菜园地，妻子正在浇菜，汗珠挂在脸上，晶莹剔透。他走过去，帮她一起浇水。

妻子的娘家在邻村，她温柔漂亮，当初嫁给他时，赵后年也是穷得叮当响，但她看中的就是他的为人和踏实肯干。此刻，赵后年一边浇水，一边和她说着家长里短。

"我准备竞选村干部。"赵后年鼓足勇气把自己的想法说了出来。

妻子显然没有思想准备，迟疑了一下，怔怔地望着他。

赵后年有点害怕，低着头回避妻子的目光。

妻子摩挲着自己的衣角，她不知如何回答丈夫的提议。

第六章 选举支书

妻子的踌躇是有道理的，结婚之前，她一直在苏州打工，每月能赚一千多。后来，为了照顾两个孩子和年迈的婆婆，她放弃了在外的工作。而现在，作为一家之主的丈夫也回乡了，如果当选上了村干部，村干部一年的工资只有几千元。这样，家庭的负担会更重的。这无论如何，她都是接受不了的。

她低下头，思考着什么。良久，她抬起头，凝视着丈夫，长叹一口气，说："你决定的事，肯定是有道理的，况且是为了大家好，我支持你。"

赵后年明显有点激动，他跨过菜园，一把拉住她的手，感激地望着她。他觉得妻子好美，几十年来，从没有发现她这样美。

得到了妻子的支持，赵后年特别兴奋。那一年，他主动向乡里和村里提出申请，要求担任村里的后备干部，为老百姓干点事情。

就这样，在当年的换届选举中，他当选为村委委员，从此开始了会计生涯。村民笑话他舍不得娇妻，在家守着她，他也不去辩解，只管干好自己的工作。

这么多年来，赵后年目睹了村里的变化，他想做点什么，但作为村里的文书，他不好指手画脚，更不能越俎代庖。

不善言辞的赵后年，把村当作家。从青葱岁月到中年持成，他的心里似乎藏着许多秘密，但从不轻易向他人倾诉。他一直想做点事情，成就点事业，为村民，也为他自己，只是没有找到合适的着力点。

有时，他显得很苦闷，有种浑身力气没处使的感觉。他对自己不满意，对村里的工作也不满意，他想找一个突破口，但就不知道这突破口在哪里。他经常向妻子讲述着村里的变化，宣传上级的政策，妻子只是静静地听着，不发表任何意见。这么多年来，她也习惯了这样的生活，她知道这是丈夫最热爱的事业。虽然他不能给她带来什么财富和名望，但她还如当年那样,深深地爱着这个男人。

当人们向老蒋提出赵后年作为村支书人选时,老蒋才突然想起村里有这么个中年人,他才把平时不显山不露水的赵后年仔细"盘点"一下。他想到了他的许多优点:做事沉稳,会计工作从没出过错;处理问题能力强,在他包片的村民组,各项工作从没拖后腿;群众认可度高,在村民评选村干部中,他总获得较高的票数。他又看了看他的履历:1968年出生,高中毕业,后参军,在北京卫戍区当班长、排长。1991年退伍后,被安置在县城罐头厂,1994年辞职到外地打工。

"这干部,行!"老蒋已在心里认可了赵后年。

按照组织程序,赵后年成为村支书的候选人。

选举当天,赵后年躲在家里,没敢出门。这个自小就害羞的村支书候选人,就怕成为人们谈论的主角,他怕人家对他指指点点,怕人笑他不自量力。

下午,当赵后年正在家里看电视时,家里的电话铃响了,原来是老蒋向他报喜,告诉他全票当选。

赵后年的眼睛一下亮了,他赶紧来到村部,这里早已围了很多村民,大家纷纷向他道贺。赵后年有些亢奋,他拿出烟散给大家,一个劲地向大家表示感谢。

新官上任三把火,赵后年铆足了劲,决定大干一把。就在这时,上面又派来了干部,给赵后年撑腰打气。

第七章　下派干部

王成杰赶到转水湾村时，已是早上九点多钟了。他的车开得很慢，摇开车窗，让冬日的阳光恣意地照在身上，暖暖的。

这个距离合肥五十多千米，距离县城二十多千米的丘陵小山村，温度比城里明显低了，风呼呼地刮在身上，一股刺骨的寒意扑面而来。林里和山上到处散发着落花和枯草混合的气味，这在城里是闻不到的。

车子到了村口，他把车停下。他走下车，拖着行李箱，放慢脚步。他以一种欣赏的心情，看村里的草垛、池塘，听村里的鸟鸣、狗吠。他兴致勃勃地边走边看，一路欣赏着四周的景色。他甚至看到了白鹭，过去只是在电视上见过，今天，在这里见到真实的白鹭，他好不兴奋，用手机拍下了它的身影，发到了微信朋友圈。

他沿着村里的小道，边走边观赏。他发现家家户户的房前屋后都种了香椿，田边地角、荒山荒坡、溪流两岸到处都是香椿树。虽然种的香椿树不少，但农户多以零星种植为主。香椿应是这里的特色产业吧，他在心里思忖着。

王成杰是省里的机关干部，这次到村里担任选派干部，是他主动争取来的。

为了打赢脱贫攻坚战，省委组织部、省扶贫办、省财政厅、省人社厅联合下文，要求省直单位抽调干部到村里任职，推动乡村脱贫攻坚工作。选派帮扶干部应组成扶贫工作队,成员不少于三人,第一书记兼任扶贫工作队长,负责工作队自身管理。

当王成杰从办公室了解到这份文件时,他就跃跃欲试了,他认为自己的梦想就要实现了。

王成杰很向往农村,对农村有着情结。农村有着特有的安宁、人情味,不像城里那样拥挤、竞争大、生活节奏快。他在大学读书时,就一直选修相关农业和农村的课程,阅读了大量的关于农村和农民的图书,他立志毕业后就到农村工作,与农民打交道,与农民交朋友。但苦于父母的压力,他毕业后还是回到了城里的机关。这一待,就是近十年,他早就想离开机关。他认为,要干一番事业,就要到广阔的天地去接受锻炼。所以,在机关选派脱贫攻坚干部大会上,他第一个报了名。他想都没想,没有丝毫犹豫,就领了报名表。厅长当然非常高兴,这解决了他的最大难题,他正为派谁下去合适而征求意见,如果没有报名,他就要做动员工作。王成杰主动请缨,让他如释重负。厅长为此一再表扬他,表示到村里有什么困难,可以随时汇报,厅里将全力解决。晚上,他回家和妻子一说,妻子没说什么,因为她太了解自己的丈夫了,这么多年来,他一直吵着要下去,要到最基层的村里去锻炼。一开始,她很不理解,人家千方百计、挤破头要到城里来,他却要到乡下去,真和其他人不一样。后来,她也理解了,理解了丈夫的情怀和抱负,认为丈夫是想做一番事业的。所以,对于他今天的表现,她是有思想准备的。只是,孩子还在读小学,以后就要全靠她了。她不禁担忧起来。

"不用担心,把父母接来,帮你一起带孩子,还能陪陪你。"王成杰安慰道。

只能这样了,妻子仍没有作声。她能说什么呢?她只好默默接受,工作上全力支持丈夫。

王成杰边欣赏着农村的风景，边想着近几天发生的事，他为自己的选择而感到骄傲和自豪，他为妻子的理解和支持而感动。

在机关上班时，王成杰经常陪领导下乡调研，甚至在村里住过，但也只是走马观花。今天，他是带着不一样的使命而来的。他有点激动，在接下来的时间里，他要与这个小山村共命运，所以他仔细地打量着村里的一草一木，感觉是那么亲切。

走了一阵，他看到前面不远处的一块田地旁，一个披着长发的女孩正在劳作着。姑娘弯下身子，手里的剪刀在树枝上灵巧地操作着，一根根枯黄的枝丫落在地下，跳跃着，像一个个小精灵。姑娘长长的头发搭在她鼓起的胸脯上，因为弯腰又抬起，她的两颊涨得红红的，真是俏丽。

"请问村委会在哪里？"王成杰站在离姑娘不远处问道。

姑娘这才抬起头来，打量这位站在眼前的年轻人：个头高高的，脸白生生的，眉宇间透着英俊的气息，像一个儒雅的书生，给人一种很喜人的感觉。她抬起右手，向前一指，甜甜地说："就在那水塘处。"接着她又问，"你是啥单位的？"

没等王成杰回答，姑娘就已整理好枝丫，走到了王成杰的前面。

"走，我带你去。"姑娘妩媚一笑。王成杰紧跟她的脚步。

他们并排走着，他从侧面观察她，发现她两颊丰满、皮肤微黑，神态带着一种乡里姑娘的稚气和野气。

"你猜我是啥单位的呢？"王成杰反问姑娘道。

姑娘停下脚步，把他仔细看了个遍，摇了摇头。

"以后会知道的，现在不告诉你。"王成杰望着蓝蓝的天空，大步流星边走边说。

姑娘边走边与碰到的村民们打着招呼，"大妈""大婶""哥哥"地叫着，姑娘的嘴巴特别甜，每个人都与姑娘微笑着。

"你贵姓？"王成杰问道。

"哼，不说。"对刚才王成杰没有正面回答，姑娘气呼呼地"报复"。

"我已听到了人家和你的对话，你叫春霞。对吧？"

"那又怎样？名字土吗？"姑娘虽然还是噘着嘴，但已是和缓的语气了。

"不土，不土。春霞寓意着春天的霞光，万丈光芒，前程似锦，美好的生活从此开始。"王成杰滔滔不绝。

姑娘看着王成杰，忽然，她满脸的笑容从晴变成了多云。

王成杰正说得起劲，没有觉察到姑娘的变化，还在高谈阔论着。

"我们的乡村要变得更加美丽，更加和谐，每个人不仅吃得饱、穿得暖，而且要有充分的就业、稳定的收入，房子要宽敞，住得要舒畅，能够看得起病、上得起学，还要有丰富的文化生活，充分的精神享受，一定要让乡村成为人人向往的人间乐土。"

他正说得起劲，一回头，发现不知什么时候，姑娘的脸已阴沉了。

王成杰不吱声了，他们默默走了一阵，前面有一个水塘，水塘正对着村部。村部门前竖着一面国旗，高高地飘扬在空中。村部由两层小楼构成，一楼是办公室，很简陋，每间办公室的门上都贴着标牌，有"会议室""综治办""文联"等字样，三三两两的群众进进出出，他们是来办事的。

这时，从村办公室里走出来一位中年男子，紧走几步，热情地拉住王成杰的手，随即帮他拉着行李箱，笑着说道："刚才好几个人告诉我了，说一位年轻干部来村里了，随和得很，来村里就开始了解情况，说是上面来的大干部，我一猜，一定是你，果不其然，我们终于把你盼来了。走累了吧？快进屋坐。"

他们进了村里的办公室，大家都站起来迎接王成杰的到来。王成杰微笑着向大家打着招呼。他发现办公室被如同商场的柜台分隔成两部分，这里面的一部分是办公区，正好五位村干部，每个人一张办公桌，桌上摆放着办公用品。他们的座位一字排开。外面的一部分摆放着沙发、长凳等，供群众前来办事和休息。

中年男子带着王成杰来到了早就为他准备好的宿舍，把他安顿好。说是宿舍，其实就是一间平房，里面安放了一张床，配备了一个电饭煲、一张沙发、几条凳子。这宿舍可能有人住过，墙上还挂着一幅字：一切为了百姓的利益。

中年男子帮王成杰收拾着床铺，等一切忙好了，他们又来到了村会议室，王成杰这时才仔细打量起这个一直热情帮助他的中年男子：敦实的个子，厚厚的嘴唇，咧开嘴笑的样子更显他的厚重与实在，一双眼睛总是含着笑。不用介绍，这就是村里的书记赵后年。

这几天，王成杰一直在了解村里的干部情况。他知道，赵后年是部队出身，一身正气，为人厚道，脾气也非常好，村民对他非常满意。

"你来得正好，我们正需要上面的帮扶。"赵后年为王成杰沏了一杯茶，"这么大老远过来，饿了吧？我们先去吃饭吧。"

"我们先说说村里的情况吧，要不先开个村民会议，先向村民打个招呼？认识一下也好后面开展工作。"王成杰提议道。

第八章　村民会议

月光映照在大地上，还没有融化的零星的雪堆泛着寒光，更显阴冷。三三两两的村民向村部走去，农村的土路早已冻硬实了，走在上面，嘎吱嘎吱的响声传得老远。

村部灰暗的建筑年代很久远了，两层楼的办公室在周边楼房的映衬下，显得那么低矮、局促。会议室在村办公室一楼的西边，灯光如白昼，空调早已调到28℃，一进到屋，一股暖气扑面而来，村民们一下打起了精神。有年老的村民感叹现在条件真的好多了，在过去的年代，到村里开会，带着炭火，冻僵的双脚怎么也暖和不了，时间一长，人们就跺着脚，整个会议室就震天响。哪像现在，空调如同懂人性似的，要多高温度就能调到多高温度，暖暖和和地开会，这多好。

会议室里，有一面墙悬挂了各种奖牌，是"荣誉墙"。这些奖牌有乡党委政府发的，有县委县政府发的，还有市里发的，甚至有省某部门发的，村民们不禁啧啧赞叹。

有年老的村民点起了烟，其他村民也跟着抽了起来，室内顿时烟雾缭绕，不抽烟的村民用手捂着鼻子，并打开了窗子，冷气嗖地一下袭进来，有村民就咳嗽起来。"把烟掐了！把烟掐了！"他们强烈抗议。

王成杰和赵后年一前一后，从容地走进会议室，他们把茶杯放在桌上，指挥大家往会议桌的周边围坐一圈。赵后年先说道："现在开会，今天研究如何脱贫攻坚的事。"他朝旁边的王成杰看了一眼，又说，"先介绍一下，这位是省委派来的王成杰同志。大家都鼓掌欢迎。"王成杰站了起来，微笑着，向大家拱了拱手，算是与大家打了招呼。

"好年轻的干部。"一位村民说。

"不要在下面窃窃私语了，有话到台面上讲。"赵后年瞅了一眼正打嘴仗的两个人，敲了敲桌子，说道，"现在请王成杰同志讲话。"

王成杰胸有成竹。虽然他今天上午刚刚过来，但他之前已对转水湾村的情况做了初步了解，今天下午，又与赵后年拉了好长时间的话。傍晚时，还召开了生产队长座谈会，了解村民的想法和下一步的施政方针，他已记了厚厚的一本。

他干咳了两声，开始讲话了。可能是刚到一个地方，讲着讲着，他的心就有点发慌，讲的一些东西也只是理论上的，再加上他说的是带着浓重方言的普通话，很多村民听不习惯，大家就有点开小差了，有的人还在窃窃私语，会场秩序有点乱了。

会场成这样，王成杰心也越发虚了，本来就不流利的讲话就有点结结巴巴了。赵后年看了看他，用眼神鼓励他，示意他要不要休息一下。

王成杰当然明了赵后年的意思，赵后年宣布休息十分钟。

大伙一哄而散，各人寻找自己的娱乐去了。

赵后年与王成杰一起出去了，月光下，雪地里，他们相互交流着。

"多举点例子，多讲点事实，多讲点下一步怎么干。"赵后年有着丰富的基层工作经验，摸准了村民的脉搏。王成杰感动地嗯了一声，他是个非常有自尊心的年轻人，今天的窘态让他很是难堪，他要在下一场讲话中赢回脸面。

"王成杰同志是省委下派来的，学历高、能力强，他是代表上级过来指导、帮助我们开展工作的。今天上午刚刚过来就召集大家开会，了解村里的情况，说明对我们工作的高度重视，大家要遵守会场纪律，要认真听、认真记，领会王成杰同志的讲话精神，认真落实。"赵后年又来了一个开场白，明显是为王成杰站台的，王成杰觉得赵后年是凭上面关系来压下面的，总觉得哪里不对味。但他知道赵后年是出于好心，感激地向他望了一眼，又开始讲话了。这次他果然举了很多生动的例子，一下吸引住了大家。

"我们村是不是有个女孩叫春霞，她有个叔叔叫海波？"说起春霞和海波，大家一下来了兴致。

"海波为什么会贫困呢？我想大部分人可能很讨厌他，认为他好吃懒做，不诚实。而通过我的了解，可能与大家的想法正好相反，他不是那种自暴自弃的人，他是因为对村里和对某些人灰心失望，从而自甘堕落。"没想到，他对海波还这么了解，大家一下来了兴趣，竖起耳朵听起来。

"春霞自幼失去双亲，跟着叔叔海波生活，海波为了他，与妻子闹翻离了婚，从此海波带着瘫痪的老母亲和春霞，他们三人相依为命，春霞后来还上了高中。可以说，没有这个叔叔，就没有春霞的今天。"

"为了春霞上学，海波起早贪黑地干活，没想到，春霞高三时，海波由于劳累过度，生了一场大病，家里就欠下了一屁股债。"

"一场大病让家里十分困难，海波以为村里会帮助他，于是回来就天天纠缠村里要给他评低保，但他的条件又不完全符合，他以为村里不关心他，给他使绊子。就这样，他破罐子破摔，就成现在这个样子了。"

"他现在的情况，我们扪心自问一下，村里有没有责任呢？"

第八章　村民会议　37

大家陷入了沉默。

有人感叹着：是呀，当初海波是很上进的一个人，干什么事都不落在别人后面，后来到外面混得也不错，但自家里出了变故，他就变了，变得我们都不认识了。村民们不禁替他惋惜起来。

王成杰举了海波的例子后，大家来了兴致，感觉这位新来的下派干部对村里的情况是很了解的，于是人们对他有了好感，也认真地听他讲话了，有的人还拿出了本子和笔，记录下他的讲话要点。

人们专心致志，只有王成杰洪亮的嗓音回荡在会议室里，回响在人们的耳际。他向村民传达了上面关于脱贫攻坚的文件精神。他说：

"目前我国贫困人口集中分布在生产生活条件差、自然灾害多、基础设施落后的连片特困地区。一些地方还面临吃水难、行路难、用电难、上学难、就医难、贷款难等诸多问题，是难啃的'硬骨头'。"他看了看台下的人们，提高嗓音说：

"我们转水湾村是什么情况呢？想必大家比我清楚，我们是不是无劳动力、无资金、无产业的'三无'村呢？我们的出路在哪里呢？"

王成杰看着大家，人们面面相觑。

"我们的出路就在于各位的努力、辛劳、付出，只要我们不甘贫困、找准路子、主动作为，我们有勤劳的双手，有聪明的大脑，有党和政府的支持，就没有克服不了的困难。"

人们静静地听着王成杰的报告，似乎忘记了时间，只有墙上的钟发出嘀嗒嘀嗒很有规则的微响，在指向十二点的那一刹那，钟声重重地响了一下，人们这才醒悟过来，时间已经不早了。王成杰和赵后年小声商量了一下，宣布会议到此结束，明天各人还有各人的事。

大家走在回家的路上，但不知何时，天空开始飘起雪花，轻飘飘的。几片雪花落在了人们的发丝上，湿滑湿滑的；落在大家的脸上，冰凉冰凉的；落在村民的手上，化作一滴水珠。

第九章　天降瑞雪

　　一场瑞雪悄无声息地来到了转水湾村。赵后年早上推开门，大地早已严严实实裹上了厚厚的棉被，门口的花坛、树冠也被雪覆盖住了。一层层的白雪镶嵌在树干上，树枝被压弯了腰。只有松树依然挺立着，一阵风吹来，雪哗啦啦地掉下来。松树抖了抖身子，仰望着雾蒙蒙的天空。

　　村里的小孩子们从被窝里钻出来了，格外高兴，欢叫起来，堆雪人、打雪仗。看着孩子们那欢快的样子，赵后年笑了。

　　这些年随着气候变暖，雪下得越来越少，也越来越小，赵后年时常感叹小时候冰天雪地的样子：无垠的旷野里，雪纷纷扬扬地下着，你追我赶，有着不把冬天下透不罢休之势。银装素裹的世界里，时常有几只鸟儿飞过，或停在铺满雪花的电线杆上，或飞到自家的屋檐下，赵后年知道它们饿了，于是把家里的谷物撒在雪被上，不一会儿，鸟儿飞下来了，警惕地啄起第一粒谷物，当发现没有敌意时，它们才开始啄起第二粒、第三粒。最高兴的当然是乡亲们，他们感叹着：瑞雪兆丰年，来年一定有个好收成。

　　赵后年自1995年到村任职以来，几乎年年都盼着来一场厚厚的大雪，但天不遂人愿，越希望来的东西，它越不来。在他的印象中，只有2008年那场雪下得很大很大，虽然造成了很大的灾害，但在他的心目中，有雪总比没雪好，不仅带来了欢快和年味，还给乡亲带来了希望和丰收。

今年的雪下得这么大，赵后年的高兴劲儿早就从他厚厚的嘴唇中流露出来，但他更感到一定有什么喜事要降临。

赵后年和家人边吃早餐边赏雪景时，门外走来一个人。他拍打着身上的雪花，一脸的喜感。

"这么早就过来了，来，吃早饭。"赵后年忙把王成杰往屋里迎，并为他盛了稀饭，夹了点心。王成杰坐下后，与大家一起吃早点。赵后年一家人都对王成杰充满好感，认为这位省里来的干部没架子，就如同家里人一样亲切。赵后年的老婆，人称赵大嫂，是村里有名的会搞吃的，不管哪家，只要有喜事，就找她去当大厨。赵大嫂也很乐意，把转水湾的香椿头炒得味道精妙，爽口宜人，村里人没有不赞叹她手艺的。她的厨艺把在城里生活惯了的王成杰也吸引过来，每次他都要到她家打牙祭。看到王成杰吃得欢快，赵大嫂也越忙越高兴。但王成杰每次总要给她点伙食费，有时十元，有时八元。赵大嫂非常反感："你这不是拿我当外人吗？现在又不是粮荒，吃饭还要给钱吗？"但王成杰说："这是纪律，你不收钱，我就不能在这吃，你要理解我。"这样，为了吃饭给不给钱，他们可真闹得欢了。

"以后吃饭时，你就直接过来，拿碗就吃，不要客气。"赵大嫂叮嘱王成杰道。

"走，我们扫雪去。"吃完早点，王成杰手一挥，拿起赵后年家的铁锹就向外走去。赵后年知道王成杰的作风，说干就干，绝不拖沓，有一种雷厉风行的架势。

赵后年非常敬佩王成杰，不嫌村里的条件差，村里没有宾馆，没有饭店，没有早点铺，他住在村里一个简陋的房间里，连卫生间都没有，陪伴他的只有窸窣的树叶掉落声和蛐蛐的鸣叫声，生活的艰苦不言而喻。虽然到村里只有几个月，但王成杰走村串户，访贫问苦，对村里各个村民小组的情况了如指掌，对贫困家庭的情况很清楚。村民们也喜欢这个没有一点架子、不嫌脏、不嫌苦的队长，都称他为兄弟。

其实，赵后年早就准备出去扫雪，但他生怕破坏了这雪被，这唯美的图景，所以，迟迟没有动身出去干。况且，他也知道，乡亲大多有猫冬的习惯，他们正好在家里好好休养生息。

看到书记和扶贫队长出来扫雪了，村民们也纷纷走出家门，加入扫雪队伍中。这队伍越来越壮大，村部广场、通村道路、房前屋后，到处都是扫雪者的身影。雪花在空中飞舞，人们在雪下奋战，欢声笑语随风飘荡，欢乐充溢在每个人的心田。

群众的力量是巨大的。王成杰扶着铁锹望着满山满地的人群，不禁感慨起来。

他想起作家春桃写的《失忆的龙河口》所描述的片段：为使大坝抢在汛期前完成，十万舒城儿女拿出了战争年代的献身精神，水路陆路双管齐下：坝外，十里人流、十里扁担，人们用钢铁肩膀架起一条风雨无阻的运输线；坝内，十里水面、十里舢板，人们踏平一湖惊涛，源源不绝送来砂石和泥土。

这篇文章是王成杰来舒城前读到的。当时，他正恶补有关舒城的知识，无意中看到了这篇由作家春桃所写的报告文学，他被舒城人民这种战天斗地的精神感动了。这篇文章不仅文字优美，还展示了当时的那种精神，那种一往无前的精神；那种天不怕、地不怕的精神；那种有条件要上，没有条件创造条件也要上的精神；那种造福人民、崇尚科学的精神。

来到舒城后，他考察了万佛湖（也就是龙河口水库，后来更名为万佛湖）。他没想到，转水湾村就在万佛湖附近，当时，建龙河口水库时，转水湾人民做出了巨大牺牲。在修村史的过程中，王大财把村里为修龙河口水库做过贡献的村民一一列举出来，有五百多人，几乎家家都出工出力过，有的还牺牲在修建水库的过程中。他把这些光荣事迹抄写在一张红纸上，张贴在村口的显眼处，大家常在此驻足观看。说到那段历史，村民都颇为自豪，他们说龙河口水库就是他们的母亲湖，那滔滔波浪就是母亲美丽身体的线条。

王成杰时常站在村里的最高处，眺望烟波浩渺的万佛湖，默默想着，有这种红色基因的舒城人民，有什么困难不能克服呢？

今天，他更见识了动员起来的村民，没有号召，没有命令，只要干部一带头，他们全都从家里出来了，造就了宏大的劳动场面。他想，我们的基层党组织还是有着强大的凝聚力和号召力的，这是一种极宝贵的资源，我们一定要做好群众的带头人，尽快让群众富起来、乡村美起来、村集体经济强起来。

雪花飞舞，王成杰思绪翻腾，他被这热气腾腾的干劲鼓舞着，浑身增添了无穷的干劲。

第十章　难缠海波

　　雪后的早晨，村里的人们还没睡醒，阳光透着薄雾缓缓地照下来。一阵寒风横扫而过，直穿透人们的筋骨。到了中午，雪开始融化。在茫茫苍苍的稻地里、野滩上，不时响起一两声公鸡的啼叫声，冰冷的生活里出现了一点生机。

　　阳光映在雪地上，泛着银光，外出活动的人也越来越多了，妇女们用篮子拎着衣服，向河岸走去，不一会儿，河边传来棒槌声。男人们则拿起大锹，迈向田野。虽然冬天的田野不需要他们做什么，但他们看着瑞雪覆盖下的麦苗，心情格外舒畅。

　　这场雪，让王成杰特别高兴。他第一次到村里就下了这么大的雪，瑞雪兆丰年，明年村里一定会有大丰收的。他趁人不注意时，捧起雪块，轻轻地吻起来，真像个小孩一样。

　　雪后天晴，王成杰对自己住的房间进行了简单的布置，房子的三分之二面积被书占了，墙上挂着一位书法爱好者写的《陋室铭》：山不在高，有仙则名。水不在深，有龙则灵。斯是陋室，惟吾德馨……

　　霜前冷，雪后寒，村民们大多闲在家里，王成杰正好可以走访，了解情况，拉近感情。

　　海波家离王成杰的宿舍不远，所以，王成杰一出门，第一站就是海波家。

"王队长,是不是给我送红包来了?"果然,一见到王成杰,海波就嬉皮笑脸地贴上去。"我为什么要给你红包呢?你是小娃娃吗?"王成杰不想理他。

"我是贫困户啊,你新官上任,总该对我们有所表示吧?不然到时上面调查来了,我可不讲你的好话呀。"海波对政策还挺了解的,要挟起了王成杰。

"我说海波啊,你身体这么健壮,怎么就成了贫困户啊?你以为当贫困户很光荣啊?"

"那你给我找份工作啊?我给你拎包也行,或者到你们村里打杂也行,给钱就行。"

"我不需要你拎包,村里也不需要打杂的,我就是打杂的。你想工作是好事,我会留心的,关键你自己要立起来。"

说着,王成杰就要走。这时,海波追了上来,顺着他的口袋就摸了起来。

"你这是干啥呢?"王成杰怒斥起来。

"你大老远来了,总归要给点见面钱吧。"他又嬉皮笑脸起来。

"你这是抢劫,是犯罪。"王成杰不客气地喝了声。

见王成杰真的拉下了脸,海波有点犯怵地退了回去。

王成杰走到海波母亲的面前,她靠在椅上,腿耷拉着,虽然天气暖暖的,但她仍裹了件厚棉袄在身上,只有眼珠子间或一动,证明她是有生命的。村民说,她瘫痪多年了,今天天气暖和才拉出来晒晒太阳的,平时就躺在屋里。

王成杰不禁同情起她来,走到她的面前,大声地向她问好,但她只是嗯嗯地点了点头,王成杰把她的手从袖口里掏出来轻轻搓了搓,手冰凉的。

王成杰从口袋里掏出来一个红包，塞到了老人家的袖口里，大声地对他说："阿姨，多保重，以后我会经常来看你的。"

"把你母亲照顾好，有什么困难和我说。"王成杰回头对着海波，撂下话后，头也不回地离开了。海波怔怔地望着王成杰离去的背影，思忖着什么。

"王队长，我家的困难你们也知道，村里看能不能给点关心，救济一下，帮我们渡过难关？"到了年关，海波向王成杰提出了要求。

"我给你三百元，你把老母亲安顿好，这是我的一点心意，与村里无关。"说着，他从口袋里掏出了三百元递给了海波。

得到了好处，海波几乎天天到村里来，向村里要补助、要救济。王成杰觉得这不是办法，决定找份工作给他做。

海波好不欢喜，就像孙悟空被玉皇大帝派到蟠桃园一样，以为找到了轻松体面又赚钱的活儿。

"伙计，和浆！""伙计，把砖搬上来！""伙计，手脚勤快点！"瓦匠不时吆喝着，干不好或干慢了，还夹杂着训斥。

"我怎么能受这个罪？想当年在南方都市，我多么体面，现在干这种活，给我十万五万也不能干。"晚上，海波拖着一身疲惫回家时，恨恨地想着。

果然，没有多久，他就辞职了。

他又赖上了村里，甚至镇上、县里，没事他就去找这些单位。他要么装着破落样，要么就吓唬说要到上级领导那去上访，大家也想尽快打发他，就给他点钱让他快走。

"要保证海波如期脱贫，要扶起他的志气，培养他有一技之长，发挥他的能力，调动他脱贫的积极性，打消他一切指望政府的'等、靠、要'思想。"面对海波的不断上访，县里下了命令。

海波不知从哪得到了消息，第二天，镇上和村里的干部要来看望他。他的嘴角露出了狡猾的微笑。

夜出奇地静，只有星星眨巴着眼睛。海波带着砍刀，悄悄从被窝里钻出来，摸到了山上，砍下了一棵丈把长的树木，扛到了自家的山墙下，用力扶起，撑住了山墙。后又回到家里，抽掉山墙上的几块砖。

第二天，他一觉睡到日上三竿，直到扶贫干部敲门声惊醒了他。"谁呀？这么早就坏我的美觉。"海波懒洋洋地应着。

"我们是来扶贫的，来看望你的，快开门！"

"好的，知道了，来了。原来是贵人到了，怪不得清早我就似乎在梦中听到喜鹊叫。"

"感谢领导对我的关心，你看我家这个样子，惊动了大家，真不好意思。"海波一个劲地客气。寒暄几句后，海波带着扶贫干部来到了后山墙，他指着撑墙的树木和地下掉下的几块墙砖说，这是危房，看能不能给我改造一下，不然，砸死人就真严重了。

"好的，我们尽快向上面反映，但还希望你能自强不息，我们只能帮一时，以后脱贫主要还靠你自己。"扶贫干部小李见缝插针向他宣传扶贫政策。

几天后，专家组前来鉴定，海波家的房屋明显不是危房，他一下子蔫了，生气地表示不脱贫了。

"果然是个难缠户。"扶贫干部在心里嘀咕着。过了一个星期，他们又一次来到了海波家。这次，根据他的要求，带来了扶持资金和二十多只兔子，并请来了镇上的农技人员，帮助他建兔舍，教他怎么养殖兔了。

但这次扶贫干部又失算了，一个月过后，当他们再次来到海波家时，兔子只剩几只了。原来，海波嫌养兔麻烦，把兔卖掉了或杀掉吃了。

扶贫干部小李是去年分到镇上的，是个极有耐心的小姑娘，她发动志愿者又送来了鸡苗，手把手教海波养殖方法，她几乎是每天来一趟，表示不教会海波技术就不停歇。但就在大家觉得大功告成的时候，一天清早，海波还是把鸡卖给了鸡贩子。

"你为什么这样呀?!"小李气得直捶海波家的桌子。在学习上从不言败的小李，今天遇到了最难解的方程式。

"这个海波，真的无可救药。"大家不约而同地哀叹着，小李更是泪水涟涟，真想放弃海波。

小李是个很腼腆又很勤快的姑娘，她越想越生气，便开始帮助村里的扶贫干部整理扶贫档案资料，突然海波满脸酒气地闯进来了。看到他这样子，小李真想躲起来。

"真是个恶心的家伙。"小李在心里骂着他，但想着以后打交道多，就扶了把椅子让他坐。海波没有坐小李递过来的椅子，却踉踉跄跄地一屁股坐到了王成杰办公室的座椅上，一条腿跷在桌子上，那条快要脱线的裤边在桌子下晃动起来。可能面对小李摆出这不雅的举动有点难为情，他又放下桌子上的那条腿，从口袋里抽出支烟就要点。

"喂喂喂，请不要在办公室里抽烟好不好？"小李实在忍不住了，连声斥责海波。看到小李皱起的柳叶眉，今天的海波乖乖地摁熄了烟火，把半截烟握在手心里。

"说吧，又有什么事？"小李没好气地问道。

"我来报销我老娘的医药费。"海波漫不经心地说着。

"发票呢？"小李问道，"只要符合规定，我们就给你报。"

"发票没有，我们拿的是中药，哪有发票？"海波振振有词。

"在哪看的病？我来问下。"小李以极大的耐心想把这事办好。

"村里的王医生。"

小李从村里的电话簿上找到了王医生的电话号码,随即拨了过去。王医生说海波母亲来了两次,也抓了药,但给了发票,如果效果好,请叫她还要继续来。

海波很不情愿地从口袋里掏出那张皱巴巴的发票,往小李那一甩。

"就这两百元,还不如不报。"海波不甘心地说着。

但报销要走程序,小李也不能立即把钱给海波。

"就这么点,还要我等呀?明天我就把老娘送到村里来。"海波又怒气冲冲地在村办公室里大叫大嚷。

"现在是村账乡管,每报一分钱都要乡里审批。要不你先回去,钱一到,我就送给你。"小李这时不再生气了,细声细语地劝慰着海波。

海波仍然坚持说:"今天这两百元钱必须给,否则我就不走。"

小李懒得理他,她站起身,对海波招招手。海波以为小李要给他什么好处,懒懒地站起身跟她走了出去。在村广场的一处公开栏前,小李指着村务公开栏,叫他好好看看。

"村里的账目都在这,我们随时公开,欢迎村民监督。"小李说,"你要是看出问题来,欢迎举报,但如果乱说瞎说,我们就要告你。"

说着,她头也不回地回到了办公室,海波愣愣地看着她离去的背影,呆呆地站在原地动也不动。

第十一章　扶志海波

打发走了海波，小李趴在桌子上，呜呜地哭了起来。

小李是刚刚从学校毕业的大学生，今年刚考取公务员被分配到乡里。虽然二十多岁了，但从小到大，一直是父母手里的乖宝宝，哪受过这折腾？当初她毕业时，已与一家大城市的公司签订了合同，但父母老是在她耳边唠叨，有一份稳定的工作比什么都好。禁不住父母的唠叨，她就回来报考了公务员，没想到，第一次考试就考上了，这令全家非常高兴。

在小李的印象中，公务员也就是一张报纸、一杯茶，谈谈天、说说地的工作，轻松简单，但没想到，刚走上工作岗位，就碰上了脱贫攻坚这样的大事，关键是碰上了海波这样的"硬茬"，她真的被海波气坏了。

王成杰安慰小李说："这是好事呀，说明你的工作已进入角色了，比坐办公室抄抄写写更能锻炼人、教育人。"他说，"工作就是斗争，我们要在艰难险重的任务中闯出一条新路，就要以我们的决心和毅力逢山开路、遇水架桥。"

王成杰说得对，工作就是斗争，她现在遇到的最大的难题就是怎么样让这个海波振作精神，依靠自己勤劳的双手，靠自己的智慧尽快脱贫，而不是两眼瞅着乡里、村里，依靠上访去脱贫。

过了两天，海波果然又来到了村里，还是要那两百元报销的钱。钱自然是没有下来，海波又要和村干部吵起来。

小李没好气地说："上次王成杰队长介绍活你不好好干，现在光找我们要钱，当我们这是银行呀？要钱就自己出去挣。"

一个四五十岁的人被这刚来的小丫头片子这么尖刻地数落，他也不发作，他的脸红一阵白一阵，村里的其他干部也偷偷笑，在看他的笑话。他们也实在被海波气坏了，今天看到他这样落魄，他们也觉得很解气。

海波气呼呼地回去了。没想到今天栽在这小丫头身上，他的心里憋着一肚子火，回家就倒在床上睡了，不吃也不喝。

"叔叔，起来吃饭。"夜幕降临，春霞悄悄来喊海波起来吃饭。

看到春霞，海波的气早消了一半。

春霞是他一手拉扯大的，虽然是侄女，但看得比亲闺女还亲。当年正是为了她，海波才与老婆离婚的。看到春霞一点点长大，他打心眼里高兴。但让他遗憾的就是，当年春霞高考失利，因为家贫就没有再去复读，这是他一生都觉得对不起春霞的地方。

虽然高考失利，但春霞这么多年来一直很争气，干农活一样不落，甚至与男子汉不相上下。干农活之余，她还在学习，学习农业技术，学习电脑知识。人们认为她真是一个上进的姑娘。她对村里的公益事业也很关注，还积极参与村里的事务，乡亲都说她是一个懂事的姑娘。

海波知道春霞非常反对他去上访，认为这真丢脸，所以每次他到村里去闹，都是避着春霞的。好在从前年开始，春霞就出去打工了，只有在春节回乡，所以对叔叔的情形她并不清楚。

春霞是个很细心的姑娘，她发现叔叔海波的脸色很难看，就关心地问起了叔叔。

"叔叔，您生病了吗？"

"没有。"海波尽量遮着自己的脸，想躲避过去。

"那您是干活累的吗？"春霞进一步追问起来。

"不累，这几天也没干什么重活。"

"您脸色很难看，要不要去医院看下？"春霞关切地要带他去医院。

见搪塞不过去了，海波也不想瞒春霞，就把今天事情的大致经过向她简单地说了下。

春霞放下碗筷，她来到了屋外，坐在椅子上，把头深深地埋了下去。此时，她早已泪如珠线。

她早已隐隐约约地听说叔叔上访的事，她觉得好丢脸，多少次，她都想劝叔叔不要这样，但话到嘴边她又咽回去了，她认为这是大人的事，也许叔叔有他的苦衷，所以她也就没有计较什么。但今天，这件事从叔叔口中得到了证实，她实在是不能接受的。

"叔叔怎么可以这样呢？"她实在找不到好的解释理由。她想起了小时候生活那么艰难，叔叔带着她与奶奶相依为命，什么苦没受过？现在生活好了，他却成为伸手要这要那的人，她实在想不通。

"春霞，回家去，外面冷。"海波要拉春霞回屋，但春霞犟在那里，死活不肯离去。

"大人有大人的难处，有些事你就不要管那么多了。"海波尽力向春霞解释。

"好吧，好吧，你们大人的事我不管了。"说着，她从椅子上站起，冲回屋里，砰的一声把房门关上，把头蒙在被子里，哭得像个泪人似的。

海波愣愣地望着春霞的背影，像做错了事的小孩子，僵硬地立在那里。

以后的几天里，叔侄俩谁也没有说话。海波好几次试图与春霞解释，但春霞总把目光避过去。

又到了周末，海波还想去村里要那两百元钱，但看到春霞的目光，他不敢去造次了。但就在这时，他远远地看到有两个身影向他家走来。他踮起脚，细细地看，原来是王成杰队长和小李。

看到他们到来，春霞赶紧从屋里走了出来，她一扫多日的阴霾，绽放出灿烂的笑容，紧紧拉着小李的手，好像她们是多年的老朋友。

王成杰双手拎了个大袋子，往海波家桌上一放，露出猪肉、蔬菜，还有酒。这时，小李又拿出两张百元大钞。

"给，你的报销款。"

这一下把海波的脸臊得通红。

小李挽起袖子，亲自下厨，春霞也抢着下厨，不一会儿，一桌好菜端上桌来，王成杰打开酒盖，往每人的杯里都倒了一小杯酒。

海波要拉王成杰上座，王成杰也就坐上去了。

好在今天是周末，下午又没有其他公事，王成杰也想放松一下，他们开怀畅饮。

王成杰平时不怎么喝酒，酒量也不大，但今天，他主动喝了起来。

他们喝着喝着，王成杰就有点微醉了。

"好了，我们再划拳。"王成杰开始挑战。

"划拳就划拳，谁怕谁呀？"海波也不示弱。

冲着酒劲，王成杰向其讲起了周处的故事：

周处年轻时，为人蛮横强悍，任侠使气，是当地一大祸害。义兴的河中有条蛟龙，山上有只白额虎，一起祸害百姓。义兴的百姓称他们是三大祸害，三害当中周处最为厉害。

有人劝说周处去杀死猛虎和蛟龙，实际上是希望三个祸害相互拼杀后只剩下一个。周处立即杀死了老虎，又下河斩杀蛟龙。蛟龙在水里有时浮起有时沉没，游了几十里远，周处始终同蛟龙搏斗。经过三天三夜都没上来，当地的百姓们都认为周处已经死了，表示庆贺。

结果周处杀死了蛟龙从水中出来了。他听说乡里人以为自己已死而对此庆贺的事情，才知道大家实际上也把自己当作一大祸害，因此，有了悔改的心意。

于是周处便到吴郡去找陆机和陆云两位有修养的名人。当时陆机不在，只见到了陆云，他就把全部情况告诉了陆云，并说自己想要改正错误，可是岁月已经荒废了，怕终究没有什么成就。陆云说："古人珍视道义，认为'哪怕是早晨明白了道理，晚上就死去也甘心'，况且你的前途还是有希望的。再说人就怕立不下志向，只要能立志，又何必担忧好名声不能传扬呢？"周处听后就改过自新，终于成为一名忠臣。

海波默默地听着，点燃了香烟，吸了一支又一支。

过了几天，王成杰工作到天黑时才回家，他很累，在寝室里准备下点面将就吃着，然后好好睡一觉。这时，传来一阵敲门声。他打开门，原来是海波和春霞，他们带着茶叶蛋，还有香椿酱和一瓶酒。

"这是干啥？"王成杰光着膀子，边说边穿上衬衫。

海波也没拿他当外人，直接用筷子撬开啤酒瓶盖子。

"我们干了吧！"海波倒了两杯酒，邀王成杰喝起来。

酒过三巡，海波的话也多了起来。

"我不是那种无赖，也想干好自己的事情，活得有尊严，但贫穷实在太可怕了，有人讲压垮中年人的最后一根稻草就是缺钱，这话我深刻体会到了。"他边说边哭了起来。

"兄弟，我们不是朝着希望在努力吗？坚强点。"王成杰劝慰他。

"我知道你是一位好干部，是真想干事的干部，我不会看错的，我一定跟着你好好干,再也不胡来了。"海波一把鼻涕一把眼泪地说。

那晚,他们谈了好多好多,海波对未来充满了希望。

春霞拉着小李进了她的闺房,悄悄地讲着家长里短,听到王成杰和海波的对话,她俩欣慰地笑了。

"明早带上你的母亲去省城治病。我问了省里的专家,这病很好治的,不用花多少钱,我先帮你垫着,等你脱贫了,你再还我。"临别时,王成杰向海波提议道。

"这是真的吗?"海波简直不敢相信自己的眼睛和耳朵,他紧紧抱住王成杰,"兄弟,我的亲兄弟,我要怎样才能报答你呢?"

那一晚,海波一夜未眠。他相信自己遇上了贵人,他要好好努力,不辜负贵人的期望。

第十二章　初识香椿

　　来村里已好几个月了，这几个月把王成杰忙得可真够呛，他没日没夜地奔波，黑了，也瘦了，他平时也没在意这微妙的变化，但村民看在眼里。有次，王成杰突然发现宿舍里突然多了盒大宝SOD蜜，这是搽脸用的。他打开盖子，嗅了嗅，好香。他往脸上抹了点，清凉又温馨。这是谁放的呢？王成杰也猜不到，也懒得猜。

　　几个月来，他没回去，他好想老婆。老婆身体不是很好，平时需要他的照顾，这次，她坚决支持他的工作，把岳母从乡下接到城里，帮助她照看儿子，他很感动。

　　他一直惦记着儿子。儿子在读小学，非常黏人可爱。每晚王成杰下班回家，儿子就从家里的十楼高的窗户上眼巴巴望着。看到爸爸的身影出现在楼下时，就一个劲地大声喊："爸爸！爸爸！"然后就打开电梯下到一楼去迎接爸爸。接到爸爸后，父子俩不坐电梯，顺着楼梯口步行上楼。爸爸背着儿子上楼，儿子给他讲学校的见闻，爸爸给他讲《水浒传》《三国演义》的故事，他们就像好朋友，有着说不完的话。

　　但自从到村里扶贫以来，他就没有享受这天伦之乐了，有时晚上视频通话，听到儿子"爸爸！爸爸！"娇声娇气地呼唤，他的心都要碎了。他鼓励儿子，一定要好好学习，并允诺他放假时带他过来看看这里的风景，这里有好山好水好风光，要让儿子玩个够。

今天，王成杰准备回城里一趟，看看老婆和儿子。

他的心情是急切和期盼的，沿途的无限风光他也无暇顾及，他只想尽快回到亲人的身边。"爸爸！爸爸！"儿子早就等在楼下，一下紧紧抱住了爸爸的大腿。

他紧紧地搂起了儿子，亲了又亲。这是他们第一次离别这么长时间，他摩挲着儿子的小脸，粉嫩粉嫩的，禁不住亲了一口。

"妈妈，爸爸回来了。"还没到家，儿子就把爸爸拽到了妈妈的身边。

"儿子天天念叨你，做梦都在喊爸爸。"妻子向王成杰诉说着。

"爸爸在干大事，我们都要支持他，那里有贫困的小朋友需要帮忙。下次，我也要去那里，向小朋友们献爱心。与爸爸一样，帮助更多需要帮助的小朋友。"儿子懂事地向爸爸说着自己的想法，但更多的是在安慰和鼓励爸爸。

"好的，下次，我们一起去帮助小朋友。"看到儿子那懂事的模样，王成杰既心酸又骄傲。

"你这白面书生快成黑旋风了。"吃饭时，老婆爱怜地看着他说。

"没事，没事。"王成杰忙不迭地支开话题，为了打消老婆的顾虑，他说起了转水湾的那山、那水、那景。他描述着转水湾的美好景致，那里有贫困的乡亲，那里有奋发向上的青年，那里有人小志高的孩子。王成杰把一个月以来的所见所闻一五一十地向母子俩叙说着。

他在家待了两天，又要去村里了。离家时，妻子和儿子都送到了车站，妻子千叮咛万嘱咐，一定不要累坏了身子。儿子的小手不停地挥着："爸爸再见！爸爸再见！"那一刻，他几乎要哭起来。他突然想起了曾经唱过的一首歌："母亲教儿打东洋，妻子送郎上战场……"

他的心里有一种说不出的滋味。

第十二章 初识香椿 57

"无情未必真豪杰，怜子如何不丈夫？"王成杰，一位血性男儿，为了自己的事业，为了村里的脱贫事业，他抛下了妻子和儿子，把无限的感情投入为村民服务之中。他是辛苦的，也是充实的。

车子一路向前，视野一下开阔起来，城市、工厂、森林、大山、农村纷纷向后涌去，他有着无限的豪迈感，他对村里的发展还是蛮有信心的。

通过这几个月来的了解和感受，他对村里的发展已有自己的思路了。

香椿已在他的心里生根了。

来之前，他从没见过香椿，甚至都没听人讲过，但在转水湾村，村民好像与香椿结下了不解之缘。家家户户的房前屋后、田间地头，随处可见一人多高的香椿树。香椿头、香椿芽、鸡蛋炒香椿是家家户户必备的美食。

这段时间，王成杰一直在研究香椿：

香椿，学名 Toona sinensis，又名香椿芽、香椿头、大红椿树、椿天等。早在汉朝就被人们食用，曾与荔枝一样作为贡品上贡，古诗称其"嚼之竟日香齿牙"。

明代的《五杂俎》记载："燕齐人采椿芽食之以当蔬。"也就是说战国时期的燕国和齐国人就采椿芽作为蔬菜食用。明代宫廷有民间温室专供此菜，《帝京景物略》这样记载："元旦进椿芽、黄瓜，一芽一瓜，几半千钱。"也就是说，在元旦期间，有香椿芽，价钱很贵。李时珍在《本草纲目》中也说："椿木皮细肌实而赤，嫩叶香甘可茹。"即香椿的嫩叶香甜可以食用。清《帝京岁时纪胜》也有记载："香椿芽拌面筋，乃寒食佳品。寒食节后香椿绽新芽，京都、民间都有将香椿芽切末与鸡蛋同炒法、切末拌过水面法等多种吃法。其品气味清香，无他味可比，实为春季尝鲜之美品。"

香椿能食，也能治病。民间有"常食香椿不生杂病"的说法。《唐本草》："主洗疮疥、风疽。"《陆川本草》："健胃，止血，消炎，杀虫。治子宫炎、肠炎、痢疾、尿道炎。"《本草纲目》也载：香椿有"嫩芽瀹食、消风祛毒"的功效。现代医学研究认为：香椿有保肝、健脾、补血、舒筋和消炎抗菌抑菌之用。

香椿更是一种长寿的象征。庄子的《逍遥游》上说："上古有大椿者，以八千岁为春，八千岁为秋。"李时珍的《本草纲目》说："椿樗易长而多寿考。"人们常用"椿年""椿令"祝福老人长寿。从金末元初诗人元好问的诗句"溪童相对采椿芽，指似阳坡说种瓜"可以看出，香椿作为一种蔬菜历史悠久，久负盛名。

香椿喜温，适宜在平均气温 8℃~10℃ 的地区栽培，抗寒能力随树龄的增加而提高。

香椿喜光，较耐湿，适宜生长于河边、宅院周围等肥沃湿润的土壤中。

"香椿又被称为'长在树上的蔬菜'，以香芽叶为蔬始于汉代。"

……

王成杰决定回村后，与赵后年好好讨论一下，看看发展香椿产业到底有没有前途。

"老赵，休息了吗？"到村的当晚，王成杰一切忙好后，已是夜里十一点多了，他打电话给赵后年。

"刚躺下，有事吗？"

"我们出来聊聊吧。"王成杰提议道。

"哦，那好。"赵后年没有迟疑，立即向门外走去。

王成杰已站在门口。

第十二章 初识香椿

月朗星稀，他们沿着村里的水泥路一直向农田的深处走去。路两边的香椿树已发芽，晚风拂来，芬芳习习，似乎在向村里的这两位当家人致意。

"村民小康到底要靠什么呢？村里可以发展什么产业呢？村里的前景在哪里？"王成杰一连抛出了好几个问题。

"我也一直在思考这个问题，不，我们全体村干部、全体村民也一直想找个好路子，尽快让村里脱掉贫困的帽子。"赵后年说。

"我是土生土长的转水湾人，我更希望村里能发展，村民能致富，但苦于这么多年来我们没有找到好的路子。"赵后年吐了一口烟，接着说。

"我知道，你有一个香椿梦，这么多年来，你一直想把香椿发展起来，但苦于一没技术，二没资金，三没人才，所以就一直只能靠着村民小打小闹。我想，趁着脱贫攻坚的东风，我们不如把香椿产业搞起来。"

赵后年打了一个激灵，他何尝不想发展香椿产业？他做梦都想。

他清晰地记得他祖上对香椿的热爱和感恩。

很久以前，香椿就是祖上从江西带过来的，这是他们祖先的种子。

赵后年记得家谱里这样记载：风餐露宿，香椿为腹；清热解毒、化湿止血；浓淡相宜，食之而不困倦。

"府帖昨夜下，次选中男行；白水暮东流，青山犹哭声。"这摘自杜甫诗中的几句话就是当年他的先人们自家乡北徙安徽的写照。

由老人们口口相传得知，当时朝廷一声令下，强令先人们从世世代代祖居之地北徙，先人们顿时哭声一片，无论如何，他们都是舍不得离开生他们、养他们的那块土地的，但官府的号令，又如何反抗得了？时间又如此紧迫，他们只好简单地收拾行李就出发了。有心人就把房前屋后的香椿种和腌好的香椿酸菜一起带上。

战乱之后的土地是如此荒芜和凄凉，三天三夜，他们没遇到一个村庄，没有一处有生气，他们把带的干粮吃光了，他们开始挖路边的野菜吃，望着前面茫茫的、布满荆棘、不知生死的路途，他们恐惧了。

"尝尝这个吧。"当孩子因为饥饿而昏倒在地时，母亲从一个小瓶里掏出了拌有辣椒、嫩芽，还散发着香味的东西，小孩子艰难地咀嚼一口。奇迹发生了，他果然慢慢睁开了眼睛，后又慢慢站了起来，又向前慢慢尝试着跟上大部队。

这就是香椿酱。

先人们就是靠着这一瓶瓶香椿酱一路向前，从江西到安徽，直至辗转到转水湾。这是先人们的救命酱，它一路护佑着先人们披荆斩棘，落脚于此。

在转水湾落脚后，先人们开始广泛种植香椿树，他们精心呵护，把这当作神树。在以后的历次灾难中，他们都以香椿芽、香椿苗渡过了一次次生存危机，这更让这里的人们对香椿树开始了神圣的崇拜。

第十三章　种植香椿

乍暖还寒，三月里的早晨还是那么清冷，太阳羞答答地只露出了半张脸，薄如轻纱的几片彩云在天上飘荡着，云的边际映上了浅红的彩霞；过了一会，转水湾的山岗被映红了，早起的鸟儿在林子里蹿来蹿去，试着找小虫儿；再过一会儿，火红的圆轮已从天海边完全跃了出来，露出了庞大的金身，红光照亮了大地；最后，红光又转化为纯白的强光，整个天地间，到处都是阳光普照。

春天来了，太阳升起来了，转水湾的村民也起来劳动了。

村里决定把香椿种植作为一项产业，这令他们非常高兴。这是祖宗们从他们的发源地带过来的，当年救了他们的祖宗的命。在他们的心目中，这就是神树，是神圣不可侵犯的树。现在，要把这神树当作致富奔小康的产业来发展，他们认为这是冥冥之中祖宗对他们的护佑，对他们的期许，他们只能成功不能失败，否则就是对不起列祖列宗。

赵后年也不敢马虎，他知道，这不仅是脱贫的关键，还牵动着村民的情感，干不好，村"两委"在村民中就会威信扫地，以后推动什么工作都没人信了。

海波自从上次在王成杰的规劝下改邪归正后，就到宁波打工，但打工不到三个月，他就回乡了。

他瘦得如柴火般，风一吹就要倒似的。

"怎么瘦成这样?"王成杰很是吃惊。

海波愁眉苦脸,他知道自己病的根源。

他在苏州干的是抛光的活,这活虽然不是特别累,却污染很大,整天呛得人眼睛都睁不开,嘴巴都张不开。这时他犯了胃病,茶饭不香,肚子胀胀的,他到卫生院简单检查了下,说是浅表性胃炎。

"这是小毛病。"他在心里嘀咕着。他仍然坚持干着刨光的活,并且干得更加卖力。

虽然胃病不是大病,但由于吃不香、睡不好,还要体力劳动,他明显消瘦了,后来,他实在撑不下去了,只好回家养病。

春霞非常心疼叔叔,想尽办法改善他的生活,陪他抓药、看病,天天祷告他早日康复。

但这时的海波更焦急了,家里老的老、小的小,全仰仗他一个人,如果他倒下了,家里怎么办?

早晨的阳光洒在海波的身上,他紧皱眉头,胡思乱想,不知人生的出路到底在哪里。这时,远远地走来了两个人,到了他家门口,站住了。海波赶紧把他们迎往室内,来的正是王成杰和赵后年。

海波正要开口,赵后年先开口说道:"我知道你要向我们诉苦。今天我们来,就是要解决你的问题,要想办法挖掉你的穷根。"

海波咧嘴苦笑。

"你可能觉得很困难,但我们要有信心,路是人走出来的。"王成杰鼓励道。

海波挠了挠头,这个平时喜欢给村里捣乱的人,这时更不知道从哪里说起了。因为,他实在不知道在家还能怎么脱贫致富奔小康。

"走,我们出去看看。"王成杰、赵后年带着海波走出房间,来到门前的小山坡上。

小山坡上，几棵香椿孤零零地立在那里。初春阳光下，长出了棕红色又肥又厚的嫩芽，叶子还未全展开，很小很尖。它的茎更细，而且很娇嫩，如果用指甲一掐，就会立马断开。

　　"你知道这是什么吗？"赵后年指着香椿问海波。

　　海波想笑，这不是司空见惯的香椿吗？今天书记怎么了？拿这个简单的问题来考我。

　　"它的另一个别名是什么？"赵后年问海波。

　　这真难倒了海波，他想了想，想不出来，望着赵后年。

　　"村里决定发展香椿产业，你带个头。"赵后年终于亮出了底牌。

　　"我能行吗？"他后退了两步，唯唯诺诺不敢答应。

　　"行！一定行！"赵后年斩钉截铁地说。

　　"关键要树立信心，我们为什么看好你，一是你自强不息，有想把事情做好的动力；二是你家世代种植香椿，有种香椿的经验。所以，我们就希望你在全村带头发展香椿产业，为全村的香椿种植蹚出一条路来。"王成杰不愧为做思想工作的高手。

　　海波咧嘴笑了，他半信半疑地望着王成杰，心里打起了退堂鼓：我能行吗？但看着他俩那坚毅和不可动摇的眼神，他又相信这一定是行的，似乎成功已在向他招手了。

　　海波对香椿是很有感情的，早先，转水湾村几乎家家都栽有几株香椿树。房子越古老的人家，香椿树越粗壮。海波家老房子的窗外，有一株粗壮的香椿树，郁郁葱葱。

　　小时候，家庭困难，香椿是家中的主菜，在粮食紧张时，香椿扮演着主粮的角色，调剂家中食物的短缺。当香椿刚发芽时，大家舍不得摘，只能渴望着它尽快长大。等到茎叶肥壮有近尺粗时，大人们才开始采摘。他们踩着墙头，攀上主权，拿着钩子，钩高处的香椿。越高的枝条，香椿茎越肥壮。每次吃饭就采摘一点，一直采摘到立夏，直到香椿味淡了，还要把嫩叶撸下来，撒上盐，腌两坛子，预备冬天再吃。

海波清晰地记得，隔壁大婶家的后院也有几株香椿树，有不少年头了，但没有他家的粗壮。她家的香椿发芽时茎叶呈浅红色，发绿，婶婶经常把咸鱼汤倒在香椿树的根上，海波很不解，就问婶婶，婶婶说香椿喜欢腥气，喂点鱼汤做营养，它就长得粗壮。海波那时还小，也就相信了，也有样学样，在自家的香椿根上浇上鱼汤，差点把香椿给咸死。

海波上小学了，老师号召植树，他就央求着爸爸，在自家的房前山坡上开了一片荒地种香椿。清明之后，紫红的香椿嫩叶受到晨露的滋润，摘回来，用开水略烫一下，拌上刚出锅的热豆腐，滴一点香油，那可真是春天的滋味。

这就是海波对香椿的全部记忆，今天，两位领导想要他在香椿上做什么文章呢？

第十四章　香椿产业

村里决定召开村民大会，就发展香椿产业征求大家的意见。

只有思想上统一了，才能做到行动上的统一。王成杰深深明白这个道理，他在单位就是从事干部思想政治工作的。

大家陆陆续续赶过来，有的刚从泥田里上来，身上还沾满了泥土；有的拖着拖鞋，吧嗒吧嗒响，老远都能听到；有的手里夹着烟，吹一口烟圈；还有在外地的年轻村民，打开手机，要求视频通话。

"又要开什么会？上面拨的扶贫款直接发给我们就行了，一个早晨就可以脱贫。"村民发着牢骚。

"哈哈，你想得美，你想不劳而获呀？"

王成杰和赵后年走到会议的主席台。

王成杰现在明显自信了，再也不像当初刚来时的紧张。他通过这段时间和大伙接触、沟通，了解了村里的情况和大家的想法，更胸有成竹了。

面对村民，王成杰侃侃而谈："转水湾地理位置相对偏僻，发展商贸不现实；没有相对平整的大块土地和发达的水利系统，稻虾种养等产业发展不起来。这里是丘陵地形，土壤肥沃、日照充足，可以在农业经济作物上做文章。转水湾有种植香椿的传统，要大力发展香椿产业。"他进一步分析了转水湾香椿生产的现状："虽然种香椿树的不少，但农户多以零星种植为主,香椿种植户生产技术差,销售价格时高时低,农户种植香椿的积极性不高。"他最后总结道,"产量低、无规模、效益低是转水湾香椿种植的常态。"

"我们不仅要发展香椿产业,还要结合正在开发的马鞍山旅游基地,发展乡村旅游业,带动三产的发展……"

这突然而来的"大饼",让大家一时还没做好思想准备,他们面面相觑。

"发展香椿产业,我们村'两委'经过了认真的论证,并得到了乡里和县里的支持。我相信,在各位乡亲的支持下,只要我们共同努力,我们就一定会成功的。"赵后年随后补充了几句。

"事是好事,但愿不是又给我们画的'饼',到最后不了了之。"

"不如直接发两个钱给我们得了,省得烦这个神。"

"这次来的王队长不一样,他是真干事的。"

台下群众窃窃私语。

"领导为我们村发展和村民致富的事煞费苦心,今天两位领导讲的,我认为都很有道理,我全力支持。"海波第一个站出来表示支持。

大伙知道,海波这段时间被村里"收买"了,所以对他的发言不以为然。

在村民看来,祖祖辈辈在这黄土地上,也没翻出什么"金疙瘩",还不是面朝黄土背朝天?上面派来的干部,今天做这个,明天干那个,到头来还不是虎头蛇尾?

会议很难进行下去,休会半小时。

一位老党员悄悄跟着王成杰,拉了拉他的衣角,轻声说:"你是个好同志,大伙都认可你,你是真心实意为大伙做事的。但现在的老百姓就怕折腾,又怕好经被下面的人念歪了。如果要得到大伙的支持,就来点实实在在的，老百姓最讲实事求是。"

"哦，谢谢你，我知道了。"王成杰感激地望了一眼老党员，递了一支烟给他，他们聊起了村里的情况。

会议接着进行。

"请大伙相信我们，这次村民不致富，不脱贫，我们决不撤兵。"王成杰继续向大家表态。

"发展香椿产业，我们也经过多方调研，这是大有前景的，请大伙相信我们。"大伙静静地听着。

"不瞒大家，昨天我与村赵后年书记走访了海波，他对种植香椿很有信心。我们也决定全力支持他干。为什么选中他呢？第一，他是贫困户，我们想让他尽快脱贫；第二，也是给广大村民树立一个榜样，只要我们肯努力，任何困难都难不倒我们。"王成杰把自己的心思和盘托给了大家。

"以前只是家家户户种，规模小，形不成技术和销售优势，现在我们要大面积种植香椿，就要流转村民的土地。这就涉及流转资金，为了取信大家，流转资金由我垫付。"

大伙被他的真诚感动了，报以热烈的掌声。

这一招果然见效。村民们见到了实惠，也见到了诚意，纷纷把土地流转出来。

"你现在是我的包保贫困户了，我俩现在是结对关系，你不脱贫，我就不脱岗。"得到了村民的支持，王成杰马上找到海波，向他讲解了他俩之间的关系。

这道理海波懂，只不过，按照他现在的话说，他改邪归正了，他不想与政府对着干，他现在相信王成杰他们是真心实意为村民着想，人不能没有良心，他要做好自己，才能对得起他们。

海波甩开膀子开始干了。他来到地处四川省东部，被称为"中国香椿第一县"的大竹县。这里夏无酷暑、冬无严寒，雨量充沛，形成了独特的亚热带季风气候，为大规模种植香椿提供了适宜的环境，110余万的人口基数也使得香椿产业发展具备了可靠的劳动力保障。

海波潜心学习、钻研，拜老农为师，向专家请教。近半年的边干边学，虽然海波变得又黑又瘦，但他已成为香椿方面的专家了。

学成归来，海波开始干了。初次尝试，说海波没一点胆怯，那是假的。但开弓没有回头箭，他只有大胆往前走了。

"不用怕，我们是你坚强的后盾。"王成杰拉着他的手，鼓励他道。

足足八大卡车香椿苗从大竹县运来了，嫩嫩的，沾着水珠。村民们一下围拢过来，像看稀世珍宝似的，充满了好奇。这上万株香椿苗被运进田地栽好，几天工夫，就慢慢适应了这里的环境，长出了新鲜的叶子。

成败在此一举，海波格外小心地侍候着香椿苗，生怕有丝毫的闪失。他组织大家给香椿基地起沟、排水、浇灌、施肥，严格按照科学管理的方法，每一项流程他都现场指导。每天天不亮，他就过来观察它们的长势。阳光下，他痴痴地望着吐着芬芳的香椿，心情也格外愉快。

既然已经开始，海波就有信心种好香椿。他不能辜负王成杰的期望，他要努力，做好样子让村民看看，让自己致富，让村民脱贫，让全村小康。

第十五章　香椿节日

风和日丽，草长莺飞，又是最美四月天。香椿获得了大丰收，家家户户的山头上、田地间，还有房前屋后，但凡是块空地，都被种上了香椿，整个村庄就是个偌大的香椿种植基地，火红的椿芽，在太阳下面闪着油彩，处处溢满了香椿的气息。

晚上，海波接到村里通知，第二天村里要举办香椿节，省、市、县领导要来参加，电视台等各类媒体也过来报道。海波要求各家各户把环境卫生搞好，把自家的庭院清扫干净。村里特别通知他准备一个发言稿，讲讲种植香椿的心得和收益。

这下，可把海波搞得紧张了。过去，他是个老上访户，上面的干部大多认识他，这要让他上台去讲话，上了电视，大家一看到他，会不会笑话他，给村里丢脸？

自从他改邪归正后，他只知道干活，两耳不闻窗外事，对开展什么"香椿节"，他也不懂，也不想懂。在他的心目中，一年只有春节、元宵节、端午节、中秋节等节日，后来又出现什么情人节、七夕节，之后"520"又变成什么节，这些杂七杂八的节与他又没啥关系，那是年轻人的节日，他只要过好传统节日就行了。

但既然村里要他讲话，他也知道这是抬举他，不能人家把你往堂屋拉，你却向牛屋挣，这样就辜负了王成杰、赵后年和广大村民的一片好意。

他找到了自己的侄女，要她为自己写一篇讲话稿。

看着叔叔容光焕发的样子，春霞也格外高兴。想当年，叔叔没事就去上访，劝过多次也没用，多丢脸呀！现在好了，自从王成杰来到村里后，鼓励他、帮助他，叔叔终于改变了，现在一门心思种植香椿，她心里甭提多高兴了。在她的心里，王成杰就是全家的恩人，有机会要好好感谢他。

晚上，海波喝了一点酒，他的思路更清晰了。他要把这几年来村里发展香椿产业的努力和收获与春霞好好交流一下，让她用最好、最美的文字描述出来，把自己的感恩之情淋漓尽致地表达出来。

海波滔滔不绝地讲起来：

"发展香椿产业有六大好处：美化了村居环境，转化了土地资源，发展了集体经济，增加了群众收入，促进了产业发展，挖掘了香椿文化。"

他边讲边看着春霞一笔一画地写着，觉得这些字就像跳动的小蝌蚪，在桌面上翻滚着。他看着侄女，心想我真要感谢侄女，要不是当时她力劝，要他好好干，说不定他还在上访的路上。他又觉得有文化真好，有文化就能看得远，就不会犯糊涂。有文化还能把要讲的东西变成活灵活现的文字，传播出去，让大家认识到我们正在做的事是这么光荣和伟大。

"侄女，还有一件事，你看能不能写？就是王队长要我写入党申请书这件事。"

"为什么不能写呢？这很光荣呀！"

"我怕写了给党抹黑，我这个一向与党对着干的人还想入党，人家会怎么看我呢？"

第十五章　香椿节日　71

"你不是士别三日，刮目相看吗？"春霞鼓励道。

"是呀，我当时那么不争气，天天要上访，生产也不好好干，生活也不好好过。我是在王成杰队长的帮扶下，才一步步走入正轨的。"海波自言自语着。

他想起了王队长鼓励他入党的那一幕。

那天上午，海波采摘香椿结束回到村里向王队长汇报，左找右找总是找不到王队长，他只好打王队长电话，王队长小声对他说："我在村会议室党建联盟会，你过来旁听一下。"海波小心翼翼地走进了会议室。只见全体村干部围桌而坐，一个县里来的干部正在宣读什么文件，其他人仔细地听着。会议室的上方挂着一条横幅：祝贺转水湾党建联盟成立大会胜利召开！

"什么是党建联盟呢？"会后，海波悄悄问王成杰。

"有志于帮扶转水湾事业的党组织和党员联合起来，心往一处想，劲往一处使，共同促进转水湾的发展。"王成杰简明扼要地向他解释党建联盟。

"那是好事呀，我能加入吗？"

"你现在还不是党员，可以帮助党建联盟做点事，还不能正式加入。"

"那我可以写入党申请书吗？"海波试探地问道。

"当然可以。"王成杰斩钉截铁地回答。

"我有资格入党？我是老上访户，也能入党？"海波简直不敢相信。

"为什么不能？你现在是村里的香椿产业发展带头人，是村里脱贫致富的模范，是脱胎换骨的新人。"王成杰鼓励他道。

海波现在最相信王成杰了，看到王成杰这样鼓励他，他有信心了。

王队长对自己的鼓励历历在目，海波又呷了一口茶，看着春霞，说:"入党这一段,你要详细写进去。"

"好的。"看着叔叔那高兴的劲儿,她知道叔叔现在真的变了,她替他万分高兴。

带着酒劲,海波越说兴致越高,春霞也写了三页多。

第二天早上,海波早早就起床了,把家里里外外打扫了一遍,把那篇讲话稿放在贴胸的口袋里,向村部大步走去。

海波一路走一路观赏着香椿基地,他的心里如同灌了蜜一样。山上山下,香椿整齐地排列着,如一列列哨兵守卫着这山川、田野。它们吐着芬芳,散发着馨香的味儿。南来北往的人们在此驻足、观赏,纷纷拿出相机、手机,走进这香椿的海洋,与可爱的香椿同镜同框。

海波从来没在村里见过这么多人,他生怕这些游客会损坏他的香椿苗,他就像一名忠于职守的卫兵注视着他们的一举一动。但不久后他发现,这些来自天南海北的游客是那样文明礼貌,小心地穿插于香椿基地,生怕碰坏了香椿苗。看到这里,海波咧开嘴憨厚地笑了。

有的游客看到他站在田埂上,就把手机交给他,要他为他们拍照。海波一直用的是一个老人机,一下接触到这么先进的手机,他的手不禁有点颤抖,他生怕把这宝贝操作坏了。

"不用担心,叔叔,搞坏了不会找你的。操作很简单,打开手机相框,按下快门就行了。"一个声音甜甜的小女孩早就站在他最喜爱的那棵香椿苗前,海波按了下手机快门,果然,这姑娘就和香椿苗同镜同框了。

"叔叔,你照的效果真好。谢谢叔叔!"说着,小姑娘挥挥手,留下一抹甜蜜的笑容在海波的心间。

那边,活动现场已是人山人海,各位领导纷纷就座,手持带有"安徽电视台"标识话筒的主持人员向全省直播。

海波大步流星地赶了过去。

阙店乡乡长慷慨陈词："非常感谢到场的各位媒体朋友，本届香椿采摘季为 4 月中旬至 5 月中旬，我们准备了丰富多彩的活动，自驾游现场采摘、扶贫班车农货进城、扶贫第一书记论坛、转水湾农夫集市等，请大家欣赏指导。"

活动现场，县农委、县林业局、县扶贫办、县旅游局、县茶谷办等联合主办的单位对阙店乡八家星级农家乐进行了授牌。

轮到海波上台讲话了，他用手理了理头发，掏出藏在胸前的讲话稿：

"各位领导、各位嘉宾，各位媒体界的朋友：

"大家上午好！"

这句话他昨晚练了多次，春霞告诉他开头讲好非常重要，一定要大声讲，讲出气势，讲出丰收后的喜悦之情。

果然，台下爆发出了雷鸣般的掌声。他看到王成杰鼓得最起劲，他心里不紧张了。

他忽而低头看稿，忽而抬头望向听众，他显得那样从容不迫，那样游刃有余，人们甚至怀疑他过去是一名干部。

"我过去是老上访户，因为上访，我认识了很多县里、乡里的领导，他们见到我都害怕，因为我带给他们很多麻烦。"没想到，海波以这样的方式开场，大家面面相觑，王成杰不住地对他挤眼，生怕他讲乱了。

"但我现在改邪归正了，我是全村香椿种植的带头户、模范户，这要归功于王成杰队长、赵后年书记。"海波话锋一转，表扬起他的恩人了。

"我们今年要种植 1000 亩左右的香椿，建设配套保鲜冷库、智能温室，打造香椿综合利用与开发科研中心，初步形成完善的销售网络，让全体转水湾村民都走上脱贫致富之路。"对未来的发展，海波慷慨激昂，声音越来越高。

"海波是好样的！"王成杰第一个鼓起了掌，大家也跟着鼓了起来，掌声经久不息。

第十六章　销售困境

香椿节过后，转水湾村一直没有迎来持续的晴朗天气。春雨贵如油，天街小雨润如酥，春天的雨水应该是令人愉悦的，但此时转水湾的村民是无论如何都没有这种感受的，他们的心情如同这阴沉沉的天气，郁闷、焦虑、彷徨。

去年以来，在村里的支持下，转水湾的香椿种植面积扩大了一倍，家家户户把种植香椿作为主导产业。海波也很慷慨，为广大农户提供种苗和技术，对贫困户还手把手教。经过一年的努力，香椿产量明显上去了。但事情都有两面性，村民在喜获丰收的同时，也在为销售发愁。

过去香椿的种植都是小打小闹，小商贩们来到田间地头就把香椿收购走了。村民也方便，在田间地头就货款两清。这样上门收购的好处是香椿不会积压，不会腐烂，也省心；但最大的弊端就是价格被他们压得很低，比如头道椿，通常价格是很贵的，但在小商贩们的巧舌如簧下，价格被压到只有十几元一斤甚至几元一斤，村民们无可奈何地望着小商贩们离去的背影。虽然这是他们的家门口，是他们的主场，但他们显得那么孤立无援。村民们知道，不可能一家一户天天早上到城里的市场上销售，无论是时间还是精力都是负担不起的，只有任小商贩们宰割。

小农经济就是这样弱小，只能任人宰割。但现在不同了，转水湾今年香椿产量估计上百吨，这样大的产量不能轻易卖给小商贩们，否则农民的损失就太大了。当然，小商贩们也不傻，他们看到赚不到多少钱，也就夹着皮包走了。

三月的天气，连绵的小雨，下得人心里慌慌的。村干部虽然表面上很镇定，但心里也是七上八下的，若是这香椿一直卖不出去，在这样的天气里很容易烂掉，树上的香椿也容易凋谢，到那时，村民们的损失可就更大了。

王成杰嘴里叼着烟，一支接一支地吸着，这位年轻的干部，平时是不吸烟的，当时在省直单位上班时，他一看别人吸烟，就躲得远远的。但自从到转水湾村任职后，他都不知道从什么时候开始把烟吸上了，没事时，就不自觉地抽上一支烟，虽然谈不上有瘾，但也不自觉地爱上了。

王成杰天生就是不怕困难的人，越有困难越激起他的工作热情。他说，成功人士有三大特点，一是乐观地看待未来；二是永远不抱怨，只检查自己的问题；三是超越常人的坚持。没有这些素质，你是走不远的。他说，困难越大，动力越大，只有在克服困难中前行才有一种乘风破浪的感觉。

他决定成立香椿销售小组，由他和赵后年、程万年三人组成。

赵后年本来不在销售队伍中，但他坚持要去。有人笑话他形象不佳，不适宜做销售。但他认为，销售不是选美，凭什么销售就要长得美。他认为，只有走到一线，才能了解市场真正需要什么，顾客需要什么，才能有针对性地抓好生产，搞好营销。某种程度上，销售比生产更重要。而程万年是村里一名长期跑市场的豆腐加工店的老板，因为他在社会上熟人多，所以把他拉进了队伍。

第一站，他们进军县城菜市场。

他们的竹篮里放着早上刚刚采摘的香椿苗，鲜嫩欲滴，如一个个小精灵一样，睁开带着露珠的双眼，好奇地打量着周围的世界。

县城规模比较大的菜市场有飞霞菜市场、三拐塘菜市场、龙津桥菜市场、中大菜市场、春秋菜市场等，它们分布在县城的各个方向，每个菜市场都有成百上千商贩。他们在工商人员的引导下，向经营的小商贩们推销香椿。

"我们来自全县最大的香椿基地——转水湾村，这是刚摘下来的头道椿，请你们品尝采购，价格公道，如果大批量需要的话，价格可以更优惠。"赵后年忙不迭地向小商贩们推销香椿。

"赵书记，你怎么来推销香椿呢？这是我们的事呀。"菜市场一位长期批发香椿的经销商看到赵后年，一把拉住了他的手，看似无限深情地说。

赵后年也认出了他，这位长期在转水湾收购香椿的刘大旺，今年确实来了好几次，但由于他价格压得太低，大家都没有卖给他。

"农民种植、采摘香椿不容易，你们把价格压得太低了，你们叫农民怎么活呀？"赵后年没好气地撑了他。

"这是市场价，没有办法。"说着，经销商就溜走了。

赵后年满头大汗地穿梭于各商贩之间，他不会用华丽的词语形容他的香椿是如何如何地鲜嫩，是如何如何地美味，他以行动表明他的真诚，以一名村书记的品行担保香椿的质量。

看到他这样辛苦，又是这么大年龄的人，有些商贩被他感动了，表示可以尝试销售，也就是暂时把他的香椿放在菜市场上，看有没有顾客感兴趣。看到有希望了，赵后年终于露出了笑容，脸上的汗水滑落了下来。

他们又来到超市，超市经理一看来的是有政府背景的人，还给了点面子，让他们选好点的香椿放到柜台上，看有没有顾客来选购。

一把把吐露着芬芳的香椿被卸下车，经理拿起一把看了看，觉得还可以，让超市人员简单地包装了下，放到显眼的位置，标上价格。

从早到晚，奔波了整整一天，他们饥肠辘辘地回到了村里。

此后的一段时间里，王成杰、赵后年和程万年天天盼着商贩和超市的消息。

没有消息，还是没有消息。

他们知道没戏了，决定另辟市场。

王成杰想到了省城市场，那里有他的家，有他的母校，有他的工作单位。如果能打开省城的市场，那就是取之不尽的富矿。

他记起了上大学时开展销售活动的情景。当年在大学读书时，为减轻家里的经济负担，每次新生开学时，他从市场上买来一些单放机、磁带和学习用品，一个寝室一个寝室地敲门，向新生推销这些用品，每次收入都很可观。就这样，几年下来，他居然没花家里的一分钱就把学业完成了。

他现在准备效仿当年的做法，要把香椿销往每个商场，销到千家万户。

王成杰带着香椿，一如上大学时那样，敲开了一家又一家商场的大门。

"我来自大别山革命老区舒城县转水湾，这是天然的有机香椿，想在你们这里开个销售专柜，希望我们可以洽谈一下。"王成杰带着渴望的眼神望着对方。

商场经理可能见这样的人多了，只是淡淡地看了一眼香椿，打电话叫来了另一个人。

"他是我们商场负责销售的工作人员小王，具体的细节，你和他谈。"经理就这样把王成杰打发给了这个叫小王的小伙子。

小王似懂非懂地看了看香椿，问了一些无关紧要的问题。

"把香椿留在这里吧，我们尝试卖卖，如果销售情况好，我们再谈合作，怎么样？"

一如在县城商场遇到的情形，王成杰沮丧到了极点。他与小王握了握手，随即告别了。

"这样的销售方式是行不通的。"王成杰疲倦地靠在商场的座椅上，望着商场里来回穿梭的人群，几乎有点绝望了。

他的家就在这座城市，离这里很近的，他多么想回家看看妻子和儿子，但他没有回家，他不想这么晚还回去打扰他们，他怕此时的心情影响他们。

他开车径直回到了转水湾村。

天刚擦黑，他就静悄悄地回来了，下了一碗清水面，糊弄地吃了一碗，倒在床上，他太困了，实在需要好好休息。

就在他昏昏沉沉要睡着的时候，电话一阵紧一阵地打来了，他一个激灵地坐起接起电话。自从来到村里，他对每一个电话都不敢怠慢，因为他的电话是向全体村民公开的，说不定一个电话就是一个村民的特殊困难或紧急事情。"群众的事再小，都是天大的事；自己的事再大，也是针尖小的事。"这就是他来村里工作后的座右铭，所以他把群众的事看得比天都大。

电话是一名叫王利川的群众打来的，他说晚上看见他回来了，问他有没有吃晚饭，他老婆做了点饭，想请他过去喝杯酒。

说起王利川，王成杰还是蛮感激的。有一天因公务办事迟了，他从城里回村很晚了，但一时找不到宿舍的钥匙，在村部周围来回转悠。就在这时，王利川刚好在此路过，硬把王成杰拉到了家里。

王利川家很整洁，给自小就爱干净的王成杰留下的印象非常好。晚上，王利川炒了韭菜、鸡蛋、大蒜等菜，把中午剩下的一碗猪肉也端出来热了下，又从小店里买来几瓶啤酒，要和王成杰对饮几杯。

按照纪律，王成杰是不能在群众家吃饭的，但考虑到拉近干群关系，他还是喝了几杯，然后付上几十元的伙食费，这样也符合上面的要求。

从交谈中得知，王利川妻子常年患病在床，为了照顾妻子，他只好在门口打零工，并把唯一的女儿送到寄宿学校读书。而王利川在家门口打零工，收入也极其微薄。王成杰把他家的收入算了一下，完全够得上贫困户的标准。

"你为什么不是贫困户？"王成杰好奇地问。

"为什么要当贫困户？"王利川反问王成杰。

"有帮扶政策，还有实打实的资金扶持。"王成杰觉得这是好事，他为什么不当贫困户？

"还有比我更困难的人。"王利川反而开导起了王成杰。

说着，他列举了一堆人名单。

"刘和平，父母七老八十了，经常吃药，妻子身体不好，要人照顾，两个孩子在读书。"

"袁小平，前几年出车祸导致瘫痪，常年卧床不起，一家人就靠他一个，他一倒下，全家都陷入困境。"

"大家都是乡里乡亲的，他们都不是贫困户，我为什么要争着当贫困户？"

王成杰简直不敢相信，这里还有这样朴实的村民。在他的印象中，好多群众都抢着当贫困户，争着拿国家补助。仿佛当贫困户是一种时尚，是一种光荣，人们纷纷抢着当贫困户。但王利川实在出乎他的意料，他知道山里人纯朴，但没想到还有这样纯朴的，这令他好感动。

那晚，他们谈了很久很久，他们有一种相见恨晚的感觉。

现在，刚从城里回来，王利川又打电话来了，王成杰也没客气就赶过去了。

看到王成杰落魄的样子，王利川就猜到了八九不离十。

王利川很心疼王成杰，认为他帮助农民销售香椿，吃了这么多苦，大家也于心不忍，于是向他开导道："还是交给小商贩来收购吧，不要太为难自己了。"

"村民辛辛苦苦，培育、浇水、采摘，还不是想早日脱贫吗？不能让村民的血汗钱就这样白白地流走了。"王成杰自有考虑。

"销售难呀，我们要从长计议。"王利川很是关心他这位来自省里的朋友。

"我刚才得到了一条信息，省里要召开全省农产品交易会，我准备把我们的香椿酱推上去，如果一炮打响，以后的销路就不用愁了。"王成杰似乎找到了答案。

第十七章　突出重围

省城合肥，全省农产品交易会正在举办。来参会的各地客商川流不息，琳琅满目的农产品充斥着人们的双眼，天南地北的客户审视着每个展柜前的产品。在这里，越来越多的农产品被注入了文化创意，茶叶被制成一幅画，面点变成一束花，它们跳出传统生产经营模式，摇身变为富有文化内涵的"艺术品"。客商们操着带有地方口音的普通话，专业而细致地询问着，如果你是外行，想忽悠他们，可真不是件容易的事。

王成杰虽然很疲劳，但精神焕发，他把王利川和合作社的人员都带来了，还有大量的香椿产品。每件产品都经过了精致包装，这是一个难得的宣传和销售机遇，他要紧紧抓住，再也不能错过。

为了这次的交易会，转水湾村做了充分的准备，提前一周就预订了一个规模很大的展览橱窗，足有一百多平方米，光柜台就有五米多长。为了展示香椿的风采，王成杰把制作的干锅酱、香辣酱、原味酱、酸香酱、调味酱等系列品种全部带来了。

这时，一员虎将似乎从天而降，手握一把铁胎弓，身披金锁甲。他虎虎生威，但今天更多展示的是和蔼可亲。他向众人拱了拱手，大声说道："我是《三国演义》五虎将之一的黄忠，有句歇后语叫'黄忠出阵——不服老'。我今天就要老当益壮，代言干锅酱。"说罢，他弯弓一箭射向百米之外摆在台上的干锅酱。不偏不倚，那箭正中干锅酱。可是，当人们定睛看时，那酱仍稳稳立在展台上。众人看得目瞪口呆，随即报以热烈的掌声。

这时，另一员虎将过来了，此人手持丈八蛇矛，身材高大，豹头环眼，燕颔虎须。"我乃五虎将之一张飞也，今天我代言香辣酱，大家要多多给面子呀。"这洪亮的声音如巨雷震撼全场，小孩们早已退却几丈了。"不要怕，不要怕。""张飞"露出了笑容，这憨态着实可爱，引得小孩们又向前靠近了几步。

"张飞"话音刚落，又一虎将闪亮登场。他手持青龙偃月刀，髯长二尺，面若重枣，唇若涂脂，丹凤眼、卧蚕眉，相貌堂堂，威风凛凛。人们不禁惊呼："关云长关公来也。"大家报以热烈的掌声。只见他把偃月刀轻轻往上一举，顺手拿起展台上的一瓶酱，大声说道："我代言原味酱，我的粉丝们，欢迎你们下订单，多购买。"

"我乃常山赵云赵子龙。"又一员大将出现，是一名儒将，温文尔雅，姿颜雄伟。他面向大家，谦逊地说："大家可能熟知我长坂坡上救阿斗，有人认为我救得不值得，但时至今天，我认为还是很值的。如果再来一次，我还是会救的。我们为将的，就要讲一个'忠'字，我们每个人都要对家庭忠，对国家忠，有忠才能有为，才能无往而不胜。"他的出现赢得了人们的热烈欢呼。"我现在就忠于我代言的产品转水湾酸香酱，欢迎大家购买哟。"

说话间，一位面如冠玉、目如流星、虎体猿臂、彪腹狼腰的将军走过来了，他手握一杆枪，大步流星地来到人群中："我乃五虎将之一马超也。"他向人们表演了他的神奇枪法，众人连连称奇。他说："我代言调味酱，请大家多多支持。"

五人亮相后，他们齐聚于展台前，每人手中托起干锅酱、香辣酱、原味酱、酸香酱、调味酱五个品种，每个酱瓶身上都贴满了五幅水墨画。

这是一个创意，用《三国演义》里的黄忠、张飞、关羽、赵云、马超代言转水湾香椿酱的五个品种：干锅酱、香辣酱、原味酱、酸香酱、调味酱。五虎将栩栩如生的形象，展示了香椿酱鲜活的品牌，让人过目难忘。

过往的人们纷纷拥了过来，啧啧称奇。省、市记者也赶来了，他们拍下了图片，录制了视频，发回到各自的媒体总部。剪辑、制作、发布，不一会儿，电视台就播出了这档节目。更有群众记者，他们用手机早把这档创意节目通过微信和抖音传给了亲朋好友，传播到全国各地。

省电视台记者喜欢穷根究底，看到这一幕幕火爆的场面，找到了这出戏的"始作俑者"王成杰。

当过语文老师，有着极佳口才的王成杰，这时反而有点不好意思了。

"都是被逼的，我早先也想通过传统的方式宣传我们的香椿酱，但多次碰壁，只好走这样的营销方式。"他非常谦虚地说。

他把王利川拉过来："这得感谢这位兄弟的开导，他比我点子多，我们一起策划，一起运营。"王利川更害羞，连连摆手，表示不愿接受采访。

"黄忠年纪大了，他代言干锅酱；张飞的脾气火暴，他代言香辣酱；赵云长相俊美，他代言酸香酱；关羽很忠厚，他代言原味酱；马超很年轻，很酸爽，代言调味酱。'酱'与'将'谐音，这样五虎将代言香椿五种酱。"王成杰向记者讲述了这创意的来龙去脉。

香椿酱火了，当天成交金额就有一百多万元，"火了，火了"。当转水湾的村民通过手机微信和抖音看到香椿酱展台前火爆的场面，以及大量的成交额时，他们高兴坏了，女人们更跳起了广场舞，表达她们心中的喜悦。

王成杰和"五虎将"回来了，他们受到了村民的热烈欢迎，从村东到村西，排起了长长的队伍，鞭炮从早晨直响到下午。人们太激动了，他们太需要一场胜利来安慰自己了。

"这次不仅量卖上去了，而且价格也卖上去了，我们第一次赚到这么多钱。"村民们纷纷议论着。

那几天，大家讨论的中心话题就是谁家赚了多少，谁家比往年多赚多少钱，讨论着要如何扩大再生产，整个村庄处于兴奋之中。

这次成功，王成杰也是异常地高兴，由此增强了信心，他决定要把香椿酱推广到各大超市，要建立一个长期的销售渠道。

晚上，王成杰躺在床上。这几天，很多村民请他去喝酒，但他都一一谢绝了，他要考虑下一步的事。

销售一定要多元化，特别要适应新形势。某种意义上，销售比生产更重要，有销售才有利润，才有活力，村民才有钱可赚。

他想到了网络销售，他想打造销售的品牌，他想推动更多的人参与香椿的销售队伍。过去时兴淘宝，现在抖音带货更让人追捧。但这是年轻人的事，还要有文化。谁最合适呢？他在心里琢磨着。

他想到了春霞，这个第一天进村就碰到的女孩，端庄、贤淑、知书达理，快人快语，明亮的眼珠好像会说话。这段时间她帮海波搞香椿的生产和技术研发，并积极参加村里的事务。王成杰急要用人办事时，就想到春霞，她也从不讲报酬和代价，按时按量完成王成杰交办的工作，王成杰对她的印象非常好。

她是个活泼的小姑娘，闲暇时，就跟在王成杰后面，协助他搞调研，带着他一户户地走访。有几次销售香椿时，她陪同王成杰一家一家地跑。王成杰走在前面，她拎着香椿苗跟在后面。她带着微笑，详细地介绍着香椿的各种优点。她的说服力和亲和力让人印象深刻，人们形象地称她为"椿使"。

春霞很佩服王成杰,她觉得王成杰身上有种别人没有的魅力。他儒雅、好学;他勤奋、上进;他善良、谦逊。他虽然是省里来的干部,但没有一点官架子,与老百姓打成一片,心里始终装着老百姓。她打心眼里敬佩他。

王成杰很喜欢她这样的性格,但他又有点害怕,怕村民在背后风言风语,所以,时间不长,他就把她打发走了。

好心好意帮助他干工作,不要一分工钱,现在竟然不明不白把她赶走了。春霞决定再也不理王成杰了。

王成杰知道自己理亏,现在又去找她"出山",她会同意吗?

王成杰决定安排赵后年去做下她的思想工作。

赵后年三番五次去找春霞,要和她秘密地谈工作,但春霞好像知道他的用意似的,总是躲着赵后年。

终于有一天,在海波的暗中指引下,赵后年找到了春霞。

"你们不要我干也行,多一个少一个不算什么。"春霞明显带着气。

"不要这样讲,这是集体的工作、群众的事情,做好了对大家都有好处。"赵后年带着笑脸,好像是他做错了事向她道歉似的。

"你们都是领导,要哪个,要什么人,还不是你们说了算?!"春霞仍在生着气。

"不要和书记斗嘴了,书记是为了你好,为了大家的好,要听书记的话。"海波训斥着春霞。

春霞的嘴还噘得老高,背对着赵后年。

"春霞是很优秀的,聪明、能干,以后加入我们的香椿销售团队,一定能为我们村里做出很大的贡献。"赵后年鼓励道。

"香椿离不开你,村民离不开你,我们的工作更离不开你。"赵后年说。

"我没有叫你过来的，来了就不要扯这么多。"快人快语的春霞把赵后年呛了回去。

"你有什么意见可以向组织提，何必和我怄气呢？"赵后年也感到委屈。

"我没有气，村里都是能人，要我有什么用？"

"不要这样说了，有什么事以后再说吧。"赵后年看话不投机，只好返回村里。

"不要这样对赵书记，我们以后还要仰仗村里关照，再说了，他们也是为了村民，我们有力出力，把香椿做好，大家都得益。"赵后年走后，海波又在开导春霞。

"我不是不干，就是王队长，刚来时，我帮他那么多，有人在背后多讲了几句闲话，就害怕了，怕影响自己的形象，怕影响他的乌纱帽，就把我赶回来了。一个省里来的干部，还这么封建，这么怕事，所以我懒得理他们了。"

海波扑哧笑出了声。

"这都什么时代了，还怕男女在一起工作呀！况且还是省城来的干部，思想这么保守，真想不到。"

"春霞，我相信你，只要是有利于村民的事，有利于我们全村的事，我坚决支持你。"海波爽快地笑出了声。

春霞轻轻地点了点头。

春霞很有干事热情，她早就想利用年轻人的优势和自己的特长，为香椿销售做点事。

她立马上网选购直播设备去了。

直播补光灯、无线麦克风、声卡直播设备……她在一家家网店精心挑选着，比价格、比质量、比品牌。

春霞精着呢，她不会选错的。大家对她投以信任的目光。

设备买回来了，春霞马上投入运营。

"请大家关注，转水湾香椿大型网络直播活动即将举办，请大家通过转水湾抖音号收看，到时将现场直播带货。"活动还没举办，这活动的海报已在网上火了。春霞说："这是先声夺人，先把人气带上来。"

周末的晚上，活动正式开始了，好多村民拥到村会议室里，但他们并没有看到什么新奇。

"现在都是网上销售了，不是线下销售。"年轻的村民提醒赶来的大叔大婶们，"你们打开手机，就能看到里面的热闹场面了。"

"原来是这样呀，你们帮我们打开手机看看怎么销售。"他们央求着年轻的后生。

"各位父老乡亲，各位亲爱的网友，转水湾香椿大型网络直播活动现在正式开始。"靓丽的春霞一亮相，纯正的普通话让直播间观看人数瞬间蹿到上万人。

"看，我们老家的香椿上直播间了。"

"看，春霞姑娘在带货。"

包括一些远在外地的转水湾人在内的观众纷纷进入直播间，欣赏着家乡的景和人。

"春霞多水灵，我也想回去发展香椿。"在大学读书的袁望打开手机，看到春霞时，忍不住赞扬起来。

"你不是回去发展春椿，是要回去发展春霞吧？"同寝室的同学开起了玩笑。

袁望的脸红了。

第十七章 突出重围 89

"不管怎样，今天，你们都要帮我使劲地买香椿。"袁望大声地说道。

袁望与春霞是小学时的同学，上中学后，袁望随着爸爸工作调动，转到城里读书了，这样，他们就失去了联系。这一晃将近十年了，弹指一挥间，他感叹时光飞逝。

他仔细看着直播间里的春霞：长高了，皮肤白净了，额头上的疤痕不见了。他记得那疤痕是当时自己在操场上踢球时，突然一脚把球踢到了球场外，砸中正在场外看球的春霞的额头上。当时还淌了血，但春霞一声没哭，也没向老师报告去追究谁的责任，买了一张创可贴贴在伤口处就默默回教室了，但从此额头上就留下了这个疤痕。他仔细瞧去，那疤痕还有一点点印迹。

他把手机打开全频，仔细观察着春霞，注意到她瀑布似的长发披在肩上，有一种大气的美。袁望看到她甜甜的笑靥，他的心醉了；凝听着春霞磁性般的解说，每一句话都是那么熨帖，他的心醉了。

听春霞的解说，对袁望来说是一种享受，她没想到，她对村里的事务这么熟悉，还帮助村里干了这么多事。

这一夜，他目不转睛地注视着直播间，她的一颦一笑、一举一动，都那么地牵动着他的心绪。他忽然觉得自己是那么幸福，也是那么痛苦，他已不能左右自己了，他的心绪已被直播间里的春霞所左右了。他使劲地为她的销售叫好，为她埋单，帮她推销。

三天的直播销售，袁望一直不离直播间，他的思绪、精神完全丢在那里了。

她是椿使，她是天使，他暗暗下定决心：毕业后就回去，帮助她撑起香椿的天空。

第十八章　回家看看

　　打破了香椿销售的困境，王成杰紧张的心情慢慢放松了下来，他打开手机，看看微信里儿子的照片。这些照片是妻子存储到他的手机里的，从刚出生，到牙牙学语，到会喊"爸爸妈妈"，再到上小学、中学，各个阶段的都有，王成杰没事时就打开看看，这成为推动他前行的力量。

　　王成杰自到转水湾后就很少回家，即使是周末，他也有许多事要做。前段时间，因为香椿销售，他与村干部多次前往合肥联系超市。每当此时，同行的村干部就劝他回去一下，看看媳妇。他何尝不想回去？好久没见到妻子了，但看着香椿销售艰难，他哪里舍得抛下这鲜嫩的香椿独自回家？

　　来来回回往返合肥几十次，他竟然一次也没踏进家门。村干部形容他的精神比大禹更感人，大禹只是三过家门而不入，而王成杰队长是几十次过家门而不入。

　　村干部把王成杰与大禹做对比，王成杰只是想做好自己的事情。但事情就是这么奇怪，越想做好，事情就越多。作为下派干部，他可以多干点，也可少干点。需要时，为村里争取点项目和资金就行了，这样皆大欢喜。等到上级考核时，乡里、村里都会为他讲点好话，他就可蒙混过关了。

但王成杰就是闲不住的人，大的规划他要管，细枝末节的事他也想做好。这样，他就把自己完全困在村里了。

现在，村里的事已告一段落，王成杰格外欣慰，他点燃了一支烟，长嘘了一口气，思忖着下一步的工作。

他被下派到转水湾。既然来了，他就要好好干一番事业，他把家庭重担全交给了妻子，岳母时常过来帮忙。但有段时间，岳母生病回老家了，妻子就在电话中向王成杰抱怨生活压力大，孩子成绩也下降了。当时正是开办香椿合作社的关键时期，王成杰实在分身乏术，他想把孩子接到舒城县城插班读书。

"人家千方百计把孩子送到名校名班读书，你倒好，把孩子从城里送到乡下。"妻子对王成杰的做法极为不满。

"到乡下怎么了呢？乡下也有考上北大、清华的。"王成杰寸步不让。

"你只为自己考虑，从不为孩子着想。"妻子反唇相讥。

"我怎么不为孩子考虑呢？减轻了你的压力，我可以为转水湾百姓多做点事，更方便辅导孩子，我这是一举三得。"王成杰说得头头是道。

妻子辩不过王成杰，依照他的想法，把孩子送到了舒城某中学读书。

孩子是送来了，但妻子几个月不与他联系。他多次打电话给妻子，但妻子就是不接。他知道妻子在气头上，准备回去好好安慰妻子。他相信，妻子现在应非常思念他们，应该盼星星、盼月亮，盼着他们父子俩早点回去团聚。

现在事情终于告一段落了，他准备带儿子回趟家。那里有他的妻子，有孩子的妈妈。

这是一个难得的周末，儿子期中考试刚刚结束，在班里的成绩也从几十名跃到前十名内,这让王成杰好不兴奋。妻子知道了,应该会高兴的,他决定这个周末带上儿子回家。

王成杰的判断是很准确的,妻子听说丈夫和孩子要回来,一开始还爱理不理的,但当听到儿子一声亲切的"妈妈"时,妻子的笑容几乎要从手机屏幕上溢出来。

妻子是非常激动的,她特地去菜市场买了一只鸡,回家还做了红烧肉,包了圆子,这些都是王成杰最喜欢吃的。从早上她就开始熬汤,鸡汤里放了枸杞,香喷喷的。

一切准备妥当,她就等着他们父子二人回家。她在想,他们回来时,一看到这温馨的场面,一定会抢着拥抱自己,那时她该有多幸福呀!想到这里,她就打开窗户,向楼下张望着。

但直到中午,她左等不来,右等不来,打他的电话,一直在通话中。她实在有点生气,靠在沙发上,竟迷迷糊糊睡着了。等一觉醒来,他们还没回来,她不禁有点担心,该不会出了什么事吧?她一个激灵坐起来,又拨打丈夫的电话。

这时电话通了,只听丈夫那里闹哄哄的,好半天,才听到儿子接电话的声音:"我们在超市,爸爸正与经理商谈香椿销售的事情。"

妻子气不打一处来,她撂下电话,坐在桌边生着气。好不容易回来一趟,还谈什么香椿销售的事?到底是我重要还是香椿重要?

在她的印象中,王成杰自从到了村里,他的心里只有转水湾和香椿了。刚去的那段时间,晚上打他的电话,他不是在香椿地里,就是在老百姓家里,每天好像有忙不完的工作。好不容易等他回趟家,他又把转水湾和香椿的故事带回家。

妻子是个非常通情达理的人,为了不打消他的积极性,有时只好认真地听着。时间长了,她也知道了有关香椿的一些知识,虽然没去过转水湾，但对那里的人文和风土人情也有了感性认识。

"老公卖给转水湾了。"她抱怨着。

正在她气鼓鼓生着闷气时，门铃响了。

王成杰回来了，他搬上来一整箱香椿酱，气喘吁吁，满头大汗。他望着妻子傻笑着，好像在妻子面前表功。妻子怨嗔地看了他一眼。

"妈妈！"儿子亲切地叫了一声，一下冲到跟前，抱住了妈妈的大腿。妻子高兴得合不拢嘴，她一下举起了儿子，"乖乖、宝宝"地亲个不停。

妻子揭开保温锅的锅盖，鸡汤的香味顿时溢满全屋。儿子咂了一下舌头，深深地吸了一口气，直呼："好香啊！"看来儿子在学校里的伙食真不咋样，不然怎么会这么馋？妈妈心疼地望了儿子一眼，马上给他盛了一碗，并打开电风扇吹凉了鸡汤。看着儿子呼啦啦地喝着鸡汤，王成杰也心酸了，他没想到过去挑食吃菜吃饭要强制的儿子，现在馋得这样大口喝汤。确实，儿子在学校的生活太苦了。

一家人终于坐在一起吃个团圆饭了，儿子狼吞虎咽，不一会儿就风卷残云。妈妈心疼得眼泪都要流下来了，王成杰的心里也很不是滋味。

"要不，我也到学校去陪读。"晚上，夫妻俩在床上讨论着。妻子小声说着，她生怕儿子听到。她知道，儿子是坚决反对父母陪读的。儿子常把父亲当作偶像，不像许多孩子青春期叛逆，儿子对父亲可崇拜了。他认为父亲投身乡村扶贫，投身乡村振兴，放弃了城里的舒适生活，是非常了不起的。儿子很崇拜历史上有作为的人物，崇拜毛泽东，他很喜欢"孩儿立志出乡关，学不成名誓不还。埋骨何须桑梓地，人生无处不青山"这首诗。他还崇拜东汉时期的班超，投笔从戎，出使西域，功业名垂青史；崇拜沈浩，放弃在省城的生活，来到小岗村工作，牺牲在自己的工作岗位上。儿子把父亲比作这些了不起的人物，他立志也要像父亲一样，将来干一番大事业，所以就要从小锻炼坚强的意志和强健的体魄。他一直讲，都上中学了，还要父母陪读，这是温室里的花朵，长不大的。

"这念头我们就打消吧，不仅儿子不会同意，我也不会同意。为什么呢？孩子现在的条件比我们那时好多了，食宿条件与几十年前不可同日而语。再说了，孩子不能太娇惯了，太娇惯了对孩子性格的养成和意志的锻炼也不好。现在只是伙食没有家里好罢了，但也是有营养的，不至于影响孩子的成长。何况你也有工作，你要放弃工作去陪读，那我们的家庭生活真成问题了。"王成杰侃侃分析道。

妻子没有吱声，她把身子靠在床头上，双手交叉拢在后脑勺上，她思索着。儿子自小就是她一手带大的，她知道儿子的口味，知道儿子的生活作息习惯，她多么想一直陪在儿子身边。但遇到了这么一个工作狂父亲，把儿子接到县城，自己跑到乡下，一家三口分在三个地方，她怨恨地望了一眼躺在身边的丈夫。

王成杰何尝不知道妻子的心思？如果放在以往，她一定会和他大吵一番，她一定会坚决地要求去陪读的。但这几年，她也有了变化，她知道丈夫的艰辛，她知道丈夫是为了扶贫事业，她理解他，再也不能那样任性地与他争吵了，那样不仅不能解决问题，反而徒增丈夫的烦恼，于家庭无益，于事业无益，于健康无益。

王成杰讲起了儿子到村里扶贫的故事。

周末，阳光和煦。儿子带着班上的几名同学来到了转水湾，他早就想到村里看看了。他认为这是真正的社会实践课堂，在这里能学到课本上学不到的许多东西。

他们要去看望村里的一名贫困户男孩。男孩十一二岁，身体单薄，他正在煮着早饭，一锅稀饭，蒸笼上蒸着几个大馍，还有几根玉米棒。

煮好后，男孩盛了一碗稀饭端到母亲的床前。母亲瘫痪在床已经十多年了，之前是其丈夫照料她的生活，现在这照料的重任交给了上五年级的男孩。

男孩用扇子把稀饭扇凉后，一勺勺地喂到母亲的嘴里。喂完稀饭，男孩又拿来玉米棒，用刀把玉米棒上的玉米粒剥落下来后，又一粒粒地喂到母亲的嘴里。

喂好母亲，他简单吃了几口，这早饭就算解决了。他拿来书包，从家里搬来一只小凳和一把椅子放在屋外的空地上，开始写作业。

王成杰的儿子和他的同学们决定帮扶这名男孩。他们把自己的零用钱捐出来，给这名男孩买来了儿童读物，还有学习用品。他们辅导这名男孩做功课，帮助他解决学习上的拦路虎。他们还想办法到县残联申请了轮椅，周末天气晴好时，就用轮椅推着男孩瘫痪的母亲欣赏漫山遍野的香椿。

在大家的照料下，男孩母亲的脸上终于露出了久违的笑容。说来也奇怪，她竟然能慢慢从床上坐起来了，过去一直僵直的手也能握筷子和端碗了，这令全家好不高兴。

王成杰说道，儿子和他班上的同学就是在帮扶这名男孩后突然长大了，他们懂得了珍惜粮食、节俭，他们学习也格外自觉了，他们意识到要珍惜现在大好的学习时光。他在儿子的本子上看到了这样的话：一切的美好都不是自然如此，是有人替我们负重前行。看来，儿子明显懂事了，儿子这次的考试成绩就比原来进步不少。

王成杰越说越有劲，妻子静静地听着，似乎也觉得是这么个理。这孩子呀，不能太娇生惯养了，还是要到艰苦的地方去锻炼，何况县城的条件也算不得艰苦。这样想想，她也就放心了。

孩子的路，让他自己走吧。这样想着，她迷迷糊糊睡着了。她做了个梦，她也来到了转水湾村，她为那瘫痪的母亲沐浴，推着这位母亲欣赏村里的风景，她们边走边谈，好像是多年未见的朋友，有着谈不完的话题。她还梦见这位母亲的病竟然好了，她教自己跳起了广场舞，村里的广场上，她们翩翩起舞。她还梦见自己来到了村民家中，与村妇们一起做着菜，这菜有香椿五虎酱，有香椿炒鸡蛋，有香椿拌青菜，她们津津有味地吃着，她称赞菜的味道真好。她梦着想着，自己竟成了转水湾的一名村民。

第十九章　统一思想

"又要拢到一起干吗？这可万万不能，大锅饭害死人。我们还没尝够那苦头吗？"从游击队战士成长起来的老队长袁孝存背着手，在村里的水泥路上来回踱着步，愤愤不平地嘟囔着。

老队长来了，大家纷纷站起来，向他投以崇敬的目光。

老队长德高望重，从当年打倒赵大财主，到担任村里的队长，后来还担任了公社书记，一直是村里的顶梁柱。他虽然已八十多岁了，但依然精神矍铄，在村里说话也是一言九鼎。这次会议本没有通知他，但为了村里的生计和发展，他还是主动过来了。

他很不情愿地走进村会议室，白炽灯照得会议室亮如白昼，先来的人们在会议室里聊着天，大家纷纷议论着即将开办的村香椿种植合作社。人声嘈杂，烟雾缭绕，呛得一些人躲到室外呼吸新鲜空气。

晚上七点半左右，参会的人差不多到齐了。王成杰和赵后年在室外商量了一阵后走进了会议室，宣布开会。

他们看到白发苍苍的袁孝存老队长也坐在台下，赶紧走下去，紧紧握住了老队长的手，把他请到了台上。老队长一言不发，径直坐到了主席台上，大家报以热烈的掌声。

"今晚的会，王成杰队长特地从省城赶过来了。大家知道，这几天为了争取项目，王队长一直在省里跑。为了参加今晚的会，他下午奔波了五百多里,他刚吃了盒饭就赶来开会了,说明今晚的会议非常重要。"赵后年来了个开场白。

大家先讨论了一些比较容易解决的问题,如香椿的生产、加工等,人们为香椿的丰收感到无比自豪。

气氛融洽,赵后年提出了合作社的问题。

"这几年在省直部门和王成杰队长的关心推动下,我村的香椿产业获得了较大的发展,产量较原来有了大幅度提升,我们要怀着感恩的心对省直部门和王成杰队长表示由衷的感谢。"赵后年说。

"发展有发展的烦恼,我们当前的烦恼最主要的就是价格是无序的,容易被上门的小贩们各个击破,黄金卖成了白菜价;再一个就是香椿的附加值不高,也就是没有深加工,是初级产品,没有含金量,所以就很难赚到足够多的利润;还有就是分散经营,技术很难得到保障,抗灾能力弱……"赵后年罗列了很多发展面对的困境。

"为促进香椿产业健康发展,我们初步决定成立香椿生产经营合作社,统一标准生产、统一品牌推介,形成具有一定影响力的区域公共品牌。"赵后年向大家提议道。

"合作社?"对于在乡土中摸爬滚打的村民来说,他们过去只是从电视上听说过,或者是到乡里听乡领导讲过。

"合作,合作,怎么合作?又要把我们的生产农具、生活资料合到一处吗?"袁孝存老队长第一个跳出来反对。

"是呀,我们生产得好好的,又把我们归到一起吗?这样我们可不干。"有人附和道。

"不干,不干。"更多的群众响应道。

但还有一部分群众观望着,他们看着坐在台上的村干部,看他们会端出什么样的菜,拿出什么样的方案。

第十九章 统一思想　　99

"这个合作社不是过去的大锅饭。"王成杰清了清嗓子。他尽量把语速放慢点，好让大家都能听得清。这是他刚到村里时群众向他提出的建议，说他语速快，讲话快得把字都吞进了肚里，又带着外地腔，讲话很难听懂。从那之后，王成杰就尽量学说转水湾的方言，并把语速放慢点。

"合作社是有法律保护的，有法可依的。《中华人民共和国农民专业合作社法》由2006年10月31日第十届全国人民代表大会常务委员会第二十四次会议通过，农民专业合作社以其成员为主要服务对象，提供农业生产资料的购买，农产品的销售、加工、运输、贮藏以及与农业生产经营有关的技术、信息直至网上交易等服务。"

对于王成杰大段地念文件内容，群众很反感，底下开始有人窃窃私语。王成杰的脸红了，他了解群众的反应。

他收起稿子，打开了电脑，墙面上的视频画面中出现了香椿合作社工作画面，只见三组人员陆续出现：一组是由三十多位村民组成的采摘组，他们来到香椿地，开始了一天的采摘工作，将打好的香椿苗送回分拣车间；一组是由十位阿姨组成的分拣组，她们来到分拣车间，从早上七点开始工作，负责将采摘组打好的香椿苗分拣包装入库；还有一组机动运输组随时待命，负责迅速运输采好的香椿苗。

这是刘家洼村前几年成立的香椿合作社。香椿销售是刘家洼村村民重要的收入来源，但其保鲜期短、销售分散，他们的香椿销售长期靠天吃饭，卖不上价。新采下的香椿芽极为娇贵，在室外放不到半日，品相就大打折扣。村民说："生意不好的时候，早上摆摊卖一斤30元，中午喊到25元，到下午10元就卖了。"

如何给香椿保鲜？解决其销售问题？视频画面上，村支部书记联合几名志同道合的群众成立了香椿合作社，斥资自建了冷库，将入社户的香椿树纳入统一管理、统一销售。

自合作社成立以来,一到春忙季节,大家在田间地头各司其职地忙碌着,不仅迅速采摘了香椿,还卖上了好价钱。

钱包一年比一年鼓,村民的笑容更加灿烂了。

视频放完了,大家又开始议论起来。

"原来是这样的,这有好处呀。"有群众抽出香烟,一人散了一支,心里犹豫起来。

老队长还是抽着旱烟,低着头,做深沉思考状。

"你们讲合作社怎么怎么好,我还是不认同,大家一同下去采摘,干多干少怎么衡量?再说销售,放在一起卖,谁家的质量好,谁家的质量差,价格能一样吗?最后是不是大家都不顾质量,大家平均分?"

"老队长讲得很有道理,是真正为大家考虑。"王成杰首先肯定了老队长。

"你的问题正是我们要解决的,在下一步的合作细则里,我们会细化的。"

为了打消人们的疑虑,赵后年一鼓作气把合作社成立起来,他胸有成竹地说合作社按量分成、按工分成、按时分成,合作社里成立劳务监督组,监督组成员由合作社社员民主选举,一切工作、账务接受监督。

人们专注地看着赵后年,他喝了一口茶,继续说道:"农民专业合作社是以农村家庭承包经营为基础,通过提供农产品的销售、加工、运输、贮藏以及与农业生产经营有关的技术、信息等服务来达到成员互助目的的组织,从成立开始就具有经济互助性。社员拥有一定组织架构,成员享有一定权利,同时负有一定责任。"

人们还是似懂非懂,但大家对合作社已有了一定的认识,基本打消了心理上的抗拒。

王成杰趁势说道："要不，我们休息半个小时，讨论讨论，达成共识，再谈成立合作社的事？"

这让早已不习惯坐在会场的村民一下像摆脱了紧箍咒般，他们走到室外吸起了烟，有的从口袋里掏出了扑克，还有大妈直接到村广场上跳起了广场舞。

"这合作社到底能不能干？你是我们的长辈，你给我们一个定数呀。"袁小良是袁孝存的晚辈，家族里拿不定主意的事，他们总爱找袁孝存这个权威。

"这件事我们再商量。"袁孝存深深地抽了口旱烟，态度显然已软化了。

这时，赵后年走过来，他的周围马上围拢了十几个人，大家想听他私下里怎么说。

"合作社，顾名思义，就是众人合作办事的社。随着生产产业化的发展，办合作社是大势所趋，因为只有合作才能出生产力，才能出经济效益，才能提升办事的效率。当前，我们的香椿生产，只有建立合作社，才能提升产值和效益。"赵后年把这几天恶补的知识一股脑儿地倒出来。

"比如，我们的生产，我们的采摘，我们的销售，我们的深加工，靠一家一户是不行了，我们要依靠集体的力量，这样才能走得更远、更好。"赵后年侃侃而谈，看起来这几天他补的知识还真不少。

"首先，既然合作，肯定是志同道合的人，搞不到一块的人，我们肯定不会和他合作。其次，我们肯定以制度规范它的运行。没有规矩，不成方圆。成立之前，要把每一个细节考虑清楚。最后，我们都要有大义观、大局观，没有什么吃亏倒巧的，只要把事业做好，多付出一点，多辛劳一点，没什么大不了的，都是社员，都是一家人，只要人人努力了、尽力了，就行了，世界上没有绝对的均衡和平均。"

大家没想到赵书记这么能讲，把大伙说得真觉得是这么回事。

会议重新开始了，跳广场舞的大妈们擦着脸上的汗走进了会场。刚经过赵后年做足了思想工作的村里的男人们也重新落了座。王成杰用眼光扫了大家一眼，感觉大家的脸上都写满了信心。

"合作社干吗？"袁小良用胳膊肘捣了一下老队长。老队长瞟了他一眼，反问道："你说呢？"静静的会场里，他们叔侄的对话大伙都听得清清楚楚。

大伙一听就明了老队长的意思。老队长都没有意见了，还不干，更待何时？

第二十章　初"合"成效

　　负责组建合作社的是村干部赵云，她四十多岁，她在村里摸爬滚打十多年了。这几年，她协助王成杰和赵后年参与香椿种植和销售，颇受大伙的信任。

　　她自告奋勇组建香椿合作社，她认为组建合作社太有必要了。香椿是转水湾村民重要的收入来源，但因其规模小、保鲜期短，销售时的单打独斗使其净利润率一直很低。这让赵云很不是滋味。还有就是新采摘下的香椿，在室外放不到半日，品相就大打折扣，然后就没人理了。再就是遇到阴雨天，当雨"随风潜入夜，润物细无声"时，香椿价格就断崖式下跌。村民常常抱怨说："早上摆摊一斤30元，中午喊到25元，到了下午，折价能卖到10元就不错了。"

　　只有合作才能保证丰收，才能保证村民的劳动果实，所以她对村里成立合作社是百分之百支持。现在，她又主动请缨担当合作社的牵头人。这样的工作，她不感到困难，而是一种累并幸福的工作。

　　赵云不仅是村里管理的能手，还是合作社的管理高手。她组建了三个专业团队，分别是采摘团队、研发团队、销售团队。村民们根据自己的愿望和能力，自愿报名参加哪个团队。每个团队选出队长，报村两委认定。

　　采摘团队下面有三个组，分别是采摘组、分拣组、运输组。组长由她任命，分别是文平群、刘雅玲、张成浩。研发团队主要由杨小龙负责，他是在外从事建筑的老板，是被村里请回来的，由他牵头，村里放心。销售团队由王成杰负责，他门路广、思路新，能够更快更好地打开局面。

眼下正是采摘季，采摘团队的工作来了，采摘组、分拣组、运输组在田间地头各司其职地忙碌着：采摘组每天早上六点半出门打香椿，将打好的香椿苗送回分拣车间。分拣组在分拣车间上班，从早上七点开始工作，负责将采摘组打好的香椿苗分拣包装入库。运输组随时待命，负责迅速运输采好的香椿苗。

赵云有条不紊地指挥着，她犹如指挥着千军万马。早晨的山头上、田间地头里，到处是采摘的人员，她们背着竹篓，像采茶女一样。她们边采摘着香椿边欢唱着民歌："哥哥你走西口，小妹妹我实在难留，手拉着那哥哥的手，送哥送到大门口。哥哥你出村口，小妹妹我有句话儿留，走路走那大路的口，人马多来解忧愁……"

一阵阵歌声引来一阵阵欢笑，早把劳动的疲乏和辛苦抛到了九霄云外，她们在欢愉和舒畅中享受着劳动的快乐。

"分工合作极大地提高了效率，一株香椿从被采下到进冷库，平均时间不超过30分钟。"赵云说，"现在大多是预售，先接单再出货，很多货品甚至不用进冷库，包装好就发货。"

合作社制定了严格的分拣标准，拣出的香椿芽单株长度全部为11~13厘米，且通体暗红，没有杂色。

如同往年一样，每到这个时节，一些零售商纷纷赶过来，他们或一家家上门购买或到一块块田头收购。但今年不一样了，村民们懒得再理这些上门收购的小商贩。

"他们不知压了我们多少价，再也不理他们了。"快人快语的文平群说。她娘家和婆家都是转水湾的,她从十多岁开始就采摘香椿,对这些小商贩早就有一肚子意见:昧良心的,良心让狗吃了。

文平群的抱怨不是没有道理的:

早年间,她的母亲生病了,急需用钱。那天早晨,她早早地起床了,用稚嫩的肩膀挑起满担的香椿出发了。十多里的山路,她深一脚浅一脚,迈着艰难的脚步,她想第一个赶到集市,卖个好价钱给母亲治病。这时天还没有完全亮,小商贩们聚在一起,聊着天抽着烟,没有人理会她。

她眼巴巴地瞅着他们,真盼望他们谁能过来光顾一下她的香椿,但直到薄雾散去,太阳渐渐升起,也没有一个人过来。

朝霞映照着她的身体,她犹如一株亭亭玉立的柳树,一阵风吹来,长发如柳条一样随风飘扬。太阳来了,她的心情也好起来了,笑容绽放在她的脸上。她满心期待地打量着每一个从她面前走过的人。

"二十五元一斤,卖不卖?"一个商贩终于走了过来。

"不卖。"文平群虽然柔声细语,但态度坚决。她认为家门口就能卖到二十五元每斤,现在我起了这么个大早,赶了十多里山路,脚都起茧了,还给这个价格,也太坑人了吧。

"二十六元?"小贩让了点步。文平群还是摇了摇头。她不想贱卖,她要多卖点,给母亲抓药。早上走时,母亲还一再叮嘱文平群要早点回来,她急等着用药。

市场上的人越来越多,日上三竿,有小贩过来只是看一眼就走开了,有的开口给出的价格只有二十四元或二十三元,这样的价格,文平群当然不可能售卖的。

从早上到中午,她就坚守着她的香椿,她饿得眼睛都发花了,到附近的商店买了一瓶矿泉水和一袋饼干充饥。虽然是春天,但中午的阳光也晒得人昏沉沉的。她坐着打盹，她觉得是那么无助。

现在如果有人给二十五元或二十四元，我都卖掉。她在心里给自己立下了一条底线，她要急着给母亲抓药。

但这时的市场，人已渐渐散去，只有白花花的太阳照着水泥地，有几个乞丐模样的人翻弄着被人丢弃的菜叶、菜根。

她倚在大树下，慢慢睡着了。

下午，太阳光越来越强，她脱下外衣遮住快要枯黄的香椿。

现在有人给二十三元，我都卖。她把底线进一步降低，但整个下午仍无人问津。

太阳渐渐西沉，她知道今天的香椿已卖不出去了，她的眼泪都要流出来了。

她以倔强的性格和坚忍的精神，又把香椿挑了回来。

"香椿没卖呀？我要钱治病。"母亲咳嗽着，艰难地从床上爬起来，看着女儿又把香椿挑回来，她不解地问。

女儿一头扑在床上，她心如刀割，躲在被子里哭了起来。

这个经历，文平群一辈子都不会忘却。成年后，她对收购香椿的小商贩看不顺眼。

现在有了合作社。对于上门收购的小商贩，她不屑一顾。

"我们要卖得物有所值，要体现我们的劳动价值。"现在的文平群，说话嗓音都大多了。

"即使卖不掉也不能当作废品卖。"大家很快达成了共识。

"按我们的分拣标准，去年合作社的香椿卖到了每斤六十元，今年已经卖到了每斤一百元。"文平群得意地向大家介绍她新摘的香椿苗。

看到群众喜气洋洋，王成杰也格外高兴，他走进采摘队伍中，向她们介绍即将开展的"公司+合作社+种植户"的运作模式，到时香椿种植按照统一品种、统一技术管理，统一收购，集产、供、销于一体，形成自主经营、民主管理、利益共享、风险共担的合作经营共同体。

不仅如此，合作社还与种植户建立利益联结机制，将其种植的香椿纳入合作社基地建设中，为种植户提供规范化种植技术指导，并优先在种植基地建立"就业车间"，为本地群众提供就业岗位。

"那好呀，我们还能上班拿工资呢。"七十多岁的刘老太太禁不住欢呼起来。

"你七十多岁还想拿工资，谁带你干？"文平群的嘴巴也不饶人。

"七十多岁怎么了？我们比试比试。"这个刘老太太是个从不服输的人。

"黄忠老将那么大岁数，都要上战场，廉颇老矣，还尚能吃上几碗饭。我身体还这么硬朗，你们不带我干，没门！"老太婆越说越来劲。

"好的，好的，老太太，我们到时请你一起去干活。"王成杰乐呵呵地岔开了话题。

合作社的规模越来越大，要求越来越高，王成杰和赵云天天泡在合作社里，这是他们的杰作，他们要进一步把它打造好，成为推动致富的一个有力抓手。

"我们应组织有潜力的年轻人出去取经，学习香椿种植、采摘、保鲜、研发等最新技术。"王成杰与赵云在一起商讨着。

赵云惊喜地望着王成杰，他没想到这想法与她这几天思考的完全一致。

"我们想到一起了，我正考虑如何打开香椿生产和销售的新天地呢。"

"那我们英雄所见略同。"说着，他们哈哈大笑。

"把他们放飞出去，学习最新、最好的技术和管理技能，学成归来后，他们就是我们的种子，回到转水湾生根、发芽、结果，把合作社办得更好，把香椿的品牌打得更响。"赵云描绘着合作社发展的前景。

这消息如一声惊雷，在转水湾炸响了。

春霞第一个报了名，袁望也不知从哪得到消息，急吼吼地找村里要参加学习。

"你不是我们村人，不符合报名资格。"王成杰耐心做他的工作。

"我为转水湾村做事情，非要是转水湾村民吗？北上广等大城市为了吸引年轻人前去，都在开展抢人大战，出台各项优惠政策，你们还拒绝年轻人前来吗？"袁望很是不理解。

一句话点醒梦中人，王成杰想想也是，现在各处开展抢人大战，我们这小山村更需要人才加持，没有人才，事业就难以发展。他立即召集村两委开会研究，把条件放宽，对只要是有志于香椿生产、发展的年轻人，特别是大学毕业生，就持欢迎态度。

第二十一章 "合"出幸福

能到转水湾和春霞一起工作，是袁望最大的愿望。今天，这愿望实现了，他是多么高兴呀！

初春的夜晚，没有冬日里凛冽的严寒，也没有夏日里蚊子满天飞的酷热，习习凉风从村里的后山上吹来，掠过芬芳的香椿，把阵阵香气带进千家万户。轻风拂面，蛙声呜呜，星光闪闪，香椿的气息充溢在空气里，这是多么迷人的春夜呀！

这是温馨的，也是浪漫的，年轻人怎耐住家中的寂寞？小小院墙怎能圈住他们奔放的心灵？

春霞早早地吃过晚饭，简单化了妆。她不是很喜欢打扮的人，不像一些女孩，很爱打扮自己，用的都是名贵的品牌化妆品。那些化妆品，动辄几千元，甚至上万元。春霞哪舍得用？她只是听人讲过那些品牌，见都没见过。她平常用的都是大宝、雅霜等几元钱、十几元钱的护肤品。

吃过晚饭，把碗一放，春霞就准备起身了，她刚出屋门，奶奶就跟上来了。刚才还有点亮光的天空，现在已明显黑下来了，只看到远处山体的轮廓，忽隐忽现。她有点胆怯，但还是坚持走下去。记得小时候，她的胆子特别小，一到天黑，就躲到海波叔叔的怀里，叫嚷着：好怕，好怕。现在，她的心脏突突地跳着，是害怕？不，是激动。

奶奶一直跟在身后，朝她嚷道："春霞，这么黑的天，去哪呀？"

春霞装作没听见，她径直朝前走去。

"早些回来呀，晚上要注意安全。"奶奶又不放心地补充一句，然后，春霞听到奶奶砰的一声关门的声响。春霞已下定决心了，她认准的人生大事，就要由自己做主，她不想听奶奶唠叨，她有自己的主见。她也知道，与奶奶越解释，奶奶就越不放心，与其这样，不如直接做成事实，到时奶奶和海波叔叔也会认可的。

春霞已决定和袁望谈恋爱了，这一点谁也改变不了。袁望一直以来的表现，她也看在心里，她相信自己的判断不会错。

春霞与袁望是小学同学，他们又一起上了初中、高中。后来就失去了联系，还是上次春霞为香椿做网上销售时，袁望才从网上看到了她。那一晚，他目不转睛地看着屏幕里的春霞，心都醉了。他发动同学，买了一箱箱香椿。后来，实在用不完，就送给了学校的食堂。

大学暑假时，袁望多次回乡找春霞聊聊，他有太多的话想与她说，大学的生活那么丰富多彩，他多么想与春霞分享，但每次当春霞看到他，他想走近春霞时，她却从另一条小道走了。看到戴着草帽，远远而去的春霞，袁望的心脏怦怦地跳个不停。

每当一个人时，春霞就想到袁望，她就禁不住掩面哭泣。她不是想拒他于千里之外，她实在没有这个信心，她家里那么穷，他家条件那么好；她现在在乡下，他在城里有着远大的前程。她不想拖累他。

她想到了上学时，袁望多次对自己的关心、帮助、保护。

小学五年级时，春霞早上上课怕迟到，就每次从家里带点吃的或饿着肚子跑去上学，但到第三节课时，她就饿得头发昏，便趴到桌上打瞌睡。下课了，袁望便从书包里掏出粽子，拿一杯热水递给春霞。当她狼吞虎咽地吃下后，总会感激地看着袁望。上高中时，春霞出落成一个水灵灵的大姑娘，但也引起了班上一些同学的追求。当时有个叫刚子的同学，家在城里，每次上晚自习时，总要骚扰春霞。春霞是从农村来的，哪见过这阵势？每次都红着脸拒绝了，但这越发激起刚子追求的欲望，他认为春霞拒绝是不好意思，是害羞，不是真正地回绝他。有次春霞晚自习回宿舍，刚子尾随其后，刚到校内的一阴暗处时，他从后面喊住春霞，但春霞一听到刚子的声音，赶紧加快脚步，刚子也加快了脚步，并欲从后面抱住春霞，春霞吓得大叫起来。一听求救声，下晚自习回去的同学便围了过来，刚子趁机逃跑了，好在没有大的伤害，春霞也就没有向学校报告此事。但她从此害怕上晚自习了，学习成绩也一落千丈。

有一天晚上，春霞一个人在宿舍，她为近段时间以来的表现失落、彷徨，不争气的泪水像断了线的珠子滴了下来。这时，宿舍的门吱呀一声开了，袁望进来了。

看着泪水涟涟的春霞，袁望拉着她的手，一起来到了学校的操场。月光下，两个人的身影越拉越长，袁望鼓励她要好好学习，风物长宜放眼量。那一晚，他们谈了很多很多，谈到现状，更谈到未来，他们畅想着以后上大学，将来报效祖国。

以后，他每晚陪着她，他们成了形影不离的好朋友，但情愫也在心里萌芽。

袁望考上了大学，而春霞落榜了，后来复读了一年，还是没有考上。

大学期间，袁望写了许多信给春霞，但没收到一封回信，后来，他们就失去了联系。

她回到了转水湾村，回乡创业。

袁望大学毕业了，但他要求回乡村。虽然家里人坚决反对，但还是拗不过孩子，只好同意了他的决定。

袁望关注着春霞，但春霞每次都躲着她，这令他非常伤心。

袁望每天晚上都从春霞家门前的小河经过，月朗星稀的夜晚，他就沿着小河一个人慢慢地散步，他多么希望能看到春霞，他渴望能和她在小河边、月光下畅快地交流，谈分别后的思念和惆怅，谈人生的规划和憧憬，谈理想、谈事业，他要向她表白对她的一片真心，他要说的话太多了。

春霞虽然表面上很冷漠，但也在细细地观察着他。她认可袁望这个人，虽然社会阅历有限，对"人"的理解还十分有限，但她知道，袁望是好强上进的人，是不甘于当下贫困的人，他有着更大的理想和抱负，她从不怀疑自己的判断。

为什么我要躲着他呢？这是没有道理的。她对自己近段时间的表现不满意。既然他那么强烈地追求我，我对他也有好感，那么我应该大大方方地接受他的爱与追求。

这样想着，她的思想豁然开朗了。

她决定，从今以后，她要主动，走进他的心灵。

"叔叔，您好！"月上柳梢，春霞大大方方地来到了袁望家，亲切地与袁望的父亲打着招呼。

"春霞！"木讷的老人看到春霞，好不高兴。

"快来家里，坐，坐。"老人热情地招呼着。

"袁望呢？"刚落座，春霞就打听起袁望来。

"他刚出去培育香椿苗，要不我叫他回来？"

"不用了，我过去看看。"

在种满香椿的山头上，两个年轻人这么近距离地相见了。袁望满脸惊喜，但更多是不自在，倒像一个大姑娘，手拉着衣角，脸还涨红了。看他那样，春霞咯咯地笑了。

春霞挽着袁望的胳膊，顺着小河，一趟趟来回走着。田野里的青蛙呱呱地叫着，但在他们走来的时候，叫声又突然停了，一只只钻进了水里。等他们走过后，它们又从水里冒了出来，继续呱呱地叫着。他们享受着宁静的夜晚，夜风吹拂，香椿飘香，月光把他们的背影拖得好长好长。他们憧憬着，要为转水湾的香椿事业贡献他们的青春和力量。这是甜蜜的事业，正如他们甜蜜的爱情。

第二十二章　混出模样

杨小龙做梦也想不到他会和香椿联系起来,他几十年来一直在苏州、杭州做建筑生意,与香椿八竿子打不着,现在居然要与香椿结缘。

事情的缘由是村里的香椿合作社社长赵云找到了他,要他负责香椿的技术研发。

"我能行吗?"面对从家乡赶到苏州的赵云,杨小龙怀疑她是不是找错了人。

"你当然行,村民都认为你行。"赵云很肯定地说。

"这真是赶鸭子上架,老了还叫我转行。"杨小龙苦笑道。

"大伙信任你的,相信你不会辜负大家的期望。"赵云带来了大家的期望和信任。

村里人很佩服杨小龙,认为他简直是人生逆袭的一个典型。所以,对于他从事香椿事业,大家是放心的。虽然他以前从没接触过香椿,但他的成功经历使大家很相信他,相信他还会创造奇迹的。

说起杨小龙,就让我们把时间拉回到20世纪80年代,杨小龙小时候的家是贫困户。

杨小龙兄弟姐妹五人,他是家里的老五,虽然父母最疼老幺,但小时候的杨小龙,还是常常吃不饱肚子。20世纪80年代,当时省里一名干部到村里走访,到了杨小龙家,真不敢相信中华人民共和国成立三十多年了，还有这样的困难群众：一家八口人挤在一间破屋里，外面下着大雨，家里下着小雨，只好把家里的脸盆拿来接水。母亲从黑漆漆的锅灶里端来了冒着热气的窝窝头，一家人拌着好像发了霉的咸菜一口一口地啃着窝窝头。杨小龙可能饿极了，拿起窝窝头就往嘴里塞，烫得哇哇直叫，把嘴都烫歪了，窝窝头也从嘴里掉到了地上。母亲心疼得拿棍子要打他，杨小龙从地上抓起窝窝头就塞进嘴里，还趴到地上舔吃了窝窝头的皮。然后，他向母亲做了个鬼脸，一溜烟地向村外跑去。

突然，一只大手紧紧抓住杨小龙滑溜溜的身子，他想溜走，但身子像被钳子一样钳住，怎么也摆脱不了。原来，走访他家的干部一把抓住了他。这是县里来的杨书记，他是来了解村民的生产和生活情况的，正好看到他家吃饭的一幕。

杨书记瞅着杨小龙，问他几岁了，有没有上学。杨小龙的父亲是一个老实巴交的农民，母亲更是见人就不敢讲话的人。他们看看村里的干部，生怕回答错了，所以站着半天没有吱声。村干部只好替他回答：杨小龙十岁了，还光屁股天天在野地里跑，家里穷成这个样，哪有钱去读书？

杨书记没有再问，过了几天，他就委托村里把学费缴给学校，要求杨小龙必须去读书。所以，后来发达起来的杨小龙每每说到小时候的境遇，他就不禁感慨自己真是贵人相助，没有共产党员杨书记，他不可能有机会去读书，不可能有文化，那就不敢想象以后的岁月。他也许如村里的小伙子一样，要么在村里的一亩三分地上刨食，要么在外打工过流浪生活，永远处在社会的底层。

一晃，杨小龙初中毕业了，他再也不想去读书了。那时农村孩子读书迟，中间又留了几级，所以初中毕业通常都将近二十岁了。杨小龙也有十九岁了，在农村就是一个整劳力，正是挣钱的劳动力。父母亲早就不想给他读书了，要不是杨书记一直盯着，并提供学杂费，杨小龙早就放下书包投入生产劳动了。

初中一毕业，杨小龙在家里干了半年活，就忍受不了农村的辛苦，吵着要外出打工。刚好，他的一个堂叔在苏州干建筑，杨小龙二话不说就投奔堂叔去了。但堂叔拒绝了他，说什么也不愿带杨小龙。杨小龙的爸爸只好亲自去找他，要他关照这个大侄子，他才勉强同意。

到了苏州才知道，堂叔只是在建筑工地打工，在大师傅下面拎水泥，打打下手，或者是拆拆门窗、清扫垃圾，没有实质性的技术含量，更没有家乡人口中的那种体面和光鲜。堂叔每次回老家时，把自己装扮一新，西服、皮鞋、领带都是崭新的，有时讲话中捎带一两句普通话，显得自己特别有见识、有文化。他滔滔不绝地讲述着大城市的新鲜事物，描述着城市的繁华。他的周围慢慢聚集了一大批年轻人，他们羡慕堂叔在城里的生活，想象着那宽阔的街道、移动的车辆、闪烁的霓虹灯会是什么样。

现在，杨小龙知道了堂叔的底细，但既然和他一起出来了，他也不会在乡亲面前揭堂叔的老底，他跟着堂叔一起服侍工地上的瓦工，拌泥浆、和水泥，搬运砖块和石料。这是一项重体力活，把水泥和泥浆装进拎桶里，有七八十斤重，然后一桶一桶往梯架上拎，递到在墙上作业的瓦工手里。一个人要服侍好几个瓦工，一桶桶水泥不停地递到瓦工手里，从早上七点到晚上七点，杨小龙如同陀螺一样，不停地在工地上运转。

干活劳累杨小龙可以忍受，最让他受不了的是他们连住的地方都没有，一到晚上，他们就找个桥洞暂且过夜。微风吹来，河水荡漾，杨小龙跳进河里，洗了洗身子，随后在桥肚下选了个干净且平坦的地方躺下。这时，他的身子就像散了架，摸哪哪疼，于是用棉被裹紧了身子，用一块石头做枕头,就这么迷迷糊糊睡着了。

天气渐渐热了,桥洞的蚊虫也多起来了,有时即使用被子蒙住全身,身上也被咬得红一块、紫一块。特别是夜里蚊虫在耳边不停地嗡嗡叫唤,更搅得他们不得入睡,第二天整天头昏脑涨,严重影响工作。

桥洞住不下去了,晚上在哪睡呢?这成了杨小龙的大问题。这天,他突然发现工地上正在建设的房屋,紧贴墙面搭了许多架子,就像老家的凉床一样,悬在半空中,这本来是给瓦工在空中作业时方便操作用的。杨小龙想,这"空中卧铺"岂不正是休息之所?

晚上,瓦工们都收工回家了,杨小龙带来了床被子,扶着脚手架上了这个"空中卧铺",摇摇晃晃,步步惊心。他和衣躺下,但哪里睡得着?他想,如果这"空中卧铺"突然掉下去,我岂不"光荣"了吗?

他索性从"空中卧铺"上坐起,俯瞰城市,眺望远方,此时城市车水马龙,灯火璀璨,一派繁华景象。他想到家乡的父母,想到了田野的蛙鸣,想到了蛐蛐的吟唱。在家乡时,觉得这些声音是那么烦人,但现在,他突然觉得那是天籁,是大自然的造化。他想到家里的黄狗,那么通人性,他到哪它就跟到哪,摇着尾巴,像忠诚的卫士一样护卫着自己。他想到了曾用角顶过自己的那头牛,它已经衰老了,村里人几次建议杀掉它,但父母坚决不同意,说牛是功臣,我们要善待它。

想着想着,他不禁泪水涟涟,他好想家,想家里的一草一木,想家里的黄狗、水牛、蛐蛐、青蛙,想家乡的一切,他甚至怀疑当初为什么任性想出来,要受这个罪,在家里不是挺好的吗?祖祖辈辈世世代代都靠着土地生活,为什么我就不能呢?

就这样在想家的泪水里,他做了一个又一个美妙的梦,直到第二天太阳高高升起。

后来,他发现在工地附近有一个湖,湖边停着一条破败的船。夏天的湖边特别凉爽，他又把"家"安在了这条船上。有一天夜里，湖水突然上涨，小船被冲得老远，杨小龙这才惊醒过来，但湖水已浸满了全船，他的被子和全身湿透了。黑夜里，汹涌的湖水中，他没有惊慌失措，他仗着在家乡划船的经验，把白天干活的扁担当作竹篙，慢慢地把小船驶向岸边。

经此惊魂一夜，杨小龙再也不敢在小船上过夜了。

春去秋来，工地的工程也结束了，杨小龙获得了五千多元的工资。他从来没有触摸过这么多现金，他一张一张地数着，排在桌面上，如痴如醉地欣赏着，后又紧紧地攥在手里，生怕它飞了似的。

有了"第一桶金"，杨小龙赶紧到郊区找了一间民房租下，虽然比不上城里的房子，但毕竟有了自己的窝，比住桥洞、住"空中卧铺"、住破船好多了。这一晚，他彻夜未眠，他想既然出来了，就要坚持下去，不管前面的道路有多艰难，一定要混出个人样，一定要为未来开创一片新天地。他想着想着，不知不觉，远方传来了公鸡的啼鸣。

杨小龙掀起被子，穿好衣服，开始了崭新一天的工作。

杨小龙创业成功了，成为颇有名望的大老板。每年春节回来，西装革履，开着宝马汽车，真是衣锦还乡的样子，再也不像他堂叔当年那样，靠着一张嘴去忽悠乡亲。

第二十三章　科技攻关

村民想请他回来为香椿发展建言献策，赵云特地赶到苏州去请他回来。

"我不了解香椿呀。"杨小龙心里还是没底。

"大伙都信任你，你为大家支支着。"赵云鼓励道。

杨小龙是个脸皮薄的人，特别是乡亲的信任和邀请，让他觉得更没有理由拒绝，虽然他对香椿一窍不通，对市场前景一点不了解，但大家这样信任他，他也只好硬着头皮上了。

在村里的邀请下，在外创业成功人士刚刚从苏州、上海、宁波、广州、深圳、杭州等地赶过来，杨小龙也是马不停蹄地开车赶到村里的会议室。他们是村里的佼佼者，在村民中有着很高的威望。这是一次新春座谈会，更是转水湾在外创业成功人士的大聚会。

这次会议分两阶段召开，上午村里组织他们参观这几年来建设的新成就，特别是香椿生产基地。这可是转水湾村近几年来打得最响的品牌，群众也从中得到不少实惠，一大批群众由此脱贫。这些长年在外的老板，走在这蜿蜒的乡间水泥路上，虽然寒风刺骨，但心里暖暖的。杨小龙看着站在旁边的赵后年，心想：你真行呀，这乡村都成世外桃源了。看来，是要把家里的三间砖瓦房翻修一下，建栋别墅，老了回来住还挺不错的。

参观结束，下午在村会议室召开第二阶段会议，二三十人分列两边坐下。

"这几年香椿发展势头很好，办了合作社，提高了产量，销售市场也打开了，群众的收入也提高了，但也遇到了瓶颈，今天请大家来议一议，就是讨论香椿产业将如何发展。"王成杰抛出了话题。

杨小龙早已在心里琢磨这话题了，以他的想法和经验，农业一定要与科技深度结合，才能使香椿焕发出发展的春天，让村民得到最大利益。

在大家纷纷发言的时候，杨小龙闷坐在那里，他在思索着，在手机百度中查看相关资料。他就是这样爱思考，思考之后就执行，有人总结他的成功经验就是"思考+执行"，所以他才把建筑企业做得风生水起。

"杨总，谈谈你的看法吧。"杨小龙的思考，被这突然而来的点名打断了。

"好的，好的。"杨小龙忙不迭地应着。

"不瞒大家说，前段时间，赵云同志找到了我，和我谈了香椿生产和科技研发的事，我认为村里考虑得较长远，香椿要发展，必须加强科技研发，走深加工之路，把香椿打造成一个高附加值的产品。这样，香椿才能走得深、走得远。"杨小龙把自己的想法细细道来。

"真是有备而来。"人们不禁对他刮目相看。

杨小龙准备建设香椿生产基地，这破天荒的举动，让人们既好奇又欣喜，大家投以期待的目光。

"给我几个人才吧。"杨小龙向王成杰提出了要求。

"什么人才？"王成杰没搞清楚。

"春霞、袁望呢？"杨小龙已把情报工作做得很彻底了。

"哦，好，好，这两个人才交给你。"王成杰爽快地答应了。

第二十三章 科技攻关

"技术方面的事就靠你们了。"杨小龙对春霞和袁望两位年轻人寄予了非常高的期望。

袁望是外村人，为了研发香椿，他特地搬到了转水湾村，户口也迁到了转水湾村。他对家乡的香椿事业充满无限的感情，现在有了这个平台，他更加努力了。

每天，这两位年轻人走在村里的山头和田地上，他们仔细观察着香椿的生长，给香椿剪枝、培土、浇水，回去采写相关报告。他们乐此不疲，很自豪成为新农人。

"从现在开始，我就是一个香椿人，为香椿事业拼搏的人。"杨小龙给自己的工作重新定位。他搬出了厚厚的关于香椿的书籍，慢慢研究，一些香椿种植、生产术语他根本没听说过，他就用笔在上面画个记号，然后再向春霞和袁望请教。

流转土地是杨小龙面对的最大问题，他非常忐忑，怕群众从中作梗或漫天要价。但这次他算错了，对他提出的每年每亩500元流转价，他们没有一点讨价还价，爽快地签了合同。拿到了100亩土地，杨小龙从建设资金中抽出600多万元作为启动资金。

"要让这100亩地产出希望，产出更大的效益，产出村民的信心。"杨小龙是个说干就干、干就要干好的人。他把600多万元资金全砸进了这100亩土地里，建成45座温室钢架大棚，栽植优质香椿。同时，他垫资发放种苗，带动全村农户在庄前宅后和空闲地种植香椿1500多亩。他安排春霞和袁望与省农科院、浙江大学、安徽农业大学对接，依托他们的技术优势，建成香椿温室钢架大棚及自动化节水灌溉示范种植基地，配套建设农产品深加工厂，包括冷链加工生产线、原料冷藏库、速冻生产线、成品冷库、成品包装库等设施。

杨小龙是个很敏锐的人，他瞄准了香椿全产业链相关技术研发，在香椿工厂化育苗、矮化密植栽培技术、采摘技术等方面加强攻关。

"我们既要脚踏实地，也要仰望星空。"晚上，杨小龙边进行香椿课题的研究，边与两位年轻人探讨人生和事业发展的方向。两位年轻人静静地听着，仿佛在与一位学者交流。杨小龙所说的"仰望星空"，更多指的是攻克香椿技术难题。

他们加紧了与浙江大学合作，着力解决香椿速冻保鲜技术难题，研发香椿系列产品。杨小龙决定以项目推行此技术攻关，运用高效栽培技术，为香椿生产及种苗产业提供全方位的标准化服务，引领香椿产业转型升级。

"本项目建成后将对香椿产业发展、乡村振兴、带动农民增收致富有一定的促进作用。"杨小龙向前来参观的人介绍，提振大家的信心。

整个冬天，杨小龙和春霞、袁望都猫在村里的工地上。他们遥望着对面的山头，这是一块占地3000多平方米的荒地。

光秃秃的山地上，北风一阵阵刮来，几棵大树就像被剥光了衣服一样，毫无遮拦地立在那里，赤条条的树干随风摆动，任北风摧残。小草也早已枯黄，山上零星裸露的岩石不规则地平躺着，显示着冬天的肃杀和萧条。杨小龙和春霞、袁望站在山地中，指挥着隆隆而来的挖掘机。

"每块地只要利用起来就是宝地。"杨小龙若有所思地说。

他们要趁着这冬闲时间大干一场，要给冬天带来一点春的气息。

要在这荒山上建设一座香椿生产厂房，这是一个极大的考验，但越是严酷的环境，越能增强杨小龙的干劲。

"袁望，你负责水、电、气，主干道硬化及园区外部、内部排水等基础设施。"

"春霞，你负责研发中心、低温冷库及成品包装库的建设。"

杨小龙把工作安排得井井有条。

第二十三章 科技攻关

"以后香椿采摘完可以到此进行冷冻，不但春天能吃到鲜嫩的香椿，冬天也能吃到。"在杨小龙的身上，始终看到满怀的豪情。

群众越聚越多，杨小龙的热情越发高涨，他向大家描述着发展愿景：

"我们开发荒山，打造香椿科技示范基地，不仅要提高香椿的附加值，还要生产有机韭菜、西蓝花、毛豆、番茄、胡萝卜、红葱、洋葱、茄子等，保障群众及周边城市的'菜篮子'安全供给，形成高科技蔬菜生产示范、工厂化种苗繁育、标准化栽植培育等多个功能展示。

"以后的农业都是向规模化、产业化、精细化方向发展，我们要进行智慧农业软硬件设施建设，运用现代农业科技手段，进行农产品培育及农业生产经营，促进农业附加值增长。"

"讲得好！讲得好！"大家对他报以热烈的掌声。

北风渐渐小了，太阳冲出乌云，照在人们的身上暖洋洋的，每个人的脸上都洋溢着笑容，对杨小龙投来信任的目光。

第二十四章　一日之游

　　天有些阴，赵先生和刘女士驾车从合肥出发，一路向北，50千米的车程，不到一个小时就到了舒城县城。县城的道路非常整洁，行人走路也很有序，红绿灯口会有电子语音自动提醒："现在是红灯时刻，请稍后再走。"

　　舒城是全国文明县城，市民的文明程度果然非常高。坐在副驾驶位上的刘女士悄悄地用手机拍下了一幕幕文明城市的镜头。

　　他们出了城，进入乡村，太阳穿破云雾，大地一下子变得明亮起来。沿途有不少农家乐，它们镶嵌在青山绿水间，提示着这里有美景、美食。

　　乡村的道路真的好，超出了他们的想象。道路虽然弯曲陡峭，有时还有九曲十八弯，但平坦如砥，行车流畅。由于弯道很多，他们不停地鸣笛。有时对面的车子突然冒出来，有时遇到会车，习惯了在城里开车的他们不免浑身一个激灵，但瞬间车就过去了。

　　转水湾很快就到了，"天下第一椿"的标牌格外醒目。这是一个十多米高的标牌，如同一座灯塔高高地矗立在那里，预示他们进入转水湾境内，开始了转水湾一日游。

　　打造转水湾一日游是村"两委"的最新主意。这样既能推动村里的旅游业发展，也能拉动消费，还能提升转水湾的知名度。王成杰、赵后年真会折腾，从有想法到现在基本成形，也就一年多的时间。上个月，他们特地到合肥召开了发布会，推介转水湾一日游。把合肥的市民拉过来，是他们一直努力的目标。

赵先生和刘女士也是看了发布会才动了心思过来的。

一闪而过的香椿知识长廊从村外一直延伸到村部。"上古有大椿者，以八千岁为春，八千岁为秋。此大年也。"镌刻在长廊外的字在阳光下闪闪发光。心急的刘女士不等车停稳就走下车，她一路走一路观赏。长廊分为数个板块，分别有香椿的历史、香椿的价值、生长的历程、致富的密码等，每一个板块图文并茂。刘女士摆着不同的姿势，她要靠香椿打开流量密码。

长廊前是片片农田和一个个低矮的山坡，它们早已没有了春的翠绿、夏的缤纷、秋的收获，它们挺立着自己光秃秃的胸脯，任北风一阵阵刮过肌体。

刘女士明显有点遗憾。

"我在湾湾等你来。"随着亲切的、如银铃般的声音，他们看到了前面的一大片大棚，如波浪般起伏，一个鲜花般的女孩正站在那里，向人们解说着转水湾的风土人情。

看到有游客过来，女孩热情地把他们引进大棚。大棚是一个农家生活体验区，虽然已是冬季，但走进大棚里，阳光透着薄膜穿进来，温暖如春。香椿逆时而生，生机盎然，彰显着蓬勃的生命力。在另一片大棚里，各种瓜果争相斗艳，西红柿挂在枝头，甜菜透出胭脂红，青瓜呈现翡翠绿，茄子亮出葡萄紫，它们无比夺目，无比鲜艳。

在这十二月北风呼啸的寒冬，依然有着绿意缭绕、流水潺潺的绿色世界。刘女士挎个小篮子，这儿摘一个，那儿采一个，不一会儿，她的篮子已装满了各种瓜果。她把西红柿直接放进嘴里，不用洗，干净得很。"甜！甜！"她甜甜的话儿犹如这甜甜的西红柿，飘得很远很远。但她忽然似乎又明白了，我明明吃的是西红柿，怎么感觉是水果的味道？

这里有百种瓜果，营造了一种立体的生态环境，一排排自动喷灌设备隐在蓬勃的绿色之中。突然，水流如飞瀑一样漫天喷洒，刘女士连连惊叫起来。

原来，大棚里的主人打开了水龙头，要进行喷灌作业。

他们从大棚里钻出来，外面有点冷，刘女士把围巾裹紧了点。阳光碎碎地洒在身上，她向马鞍山登山步道走去。

步道是转水湾村的一个重要景点，约有八百米，顺着步道上去，就能登上马鞍山，一览全村小。

他们手拉着手，沿着步道蜿蜒而上，这步道既不像城里的步道那样平坦，也不像大山里的步道那样陡峭。他们迈着碎步，一步一个台阶向上走去，享受着这惬意的慢生活，阳光拥抱了他们。在他们的身后，是一阵阵欢笑声。

山上的观景亭三三两两地点缀在山腰或山顶间。欧阳修曾云：有亭翼然临于泉上者，醉翁亭也……醉翁之意不在酒，在乎山水之间也。山水之乐，得之心而寓之酒也。他写的是滁州的醉翁亭，因为他的这篇文章，醉翁亭也成为天下名亭。

这里的亭也充满了浪漫和诗情，有祈福连心的许愿亭，俯瞰山下，定会心想事成；有远望千里的眺望亭，远望山外风光，壮阔之意油然而生；有山盟海誓的盟誓亭，这里是相爱的人登高祈福的胜地。

这样的亭与醉翁亭相差较大，从表面上看，有的亭甚至比醉翁亭建得更美观、更时尚、更经久耐用，但它们缺少文气，缺少历史的厚重，缺少大师级人物的加持。

这里有山、有水、有洞、有传说、有故事。从山顶往下看，纷披的花枝和花朵，在无边霞光的映照下，如诗如画。可惜它们藏在深闺无人识，没有多少人知道这里的仙境和奥妙。

陪同的导游介绍道：县里利用这里的自然风光，成立了舒城马鞍山旅游管理处，管理处为正科级事业单位，还给了五个编制，这是很了不得的。编制是国家执政的重要资源，是要用在刀刃上的，也是非常紧缺的资源，现在一下给了五个编制，主任是高规格的正科级领导岗位。在乡镇，只有乡镇长、书记才是正科，与他们平级，足见县里对其重视程度之高。这样，管理处就可协调各方资源，调动各方力量，推动旅游事业的发展。

管理处揭牌那天，县委副书记前来祝贺致辞，他指出，推进乡村旅游快速发展是我县优先发展方向，舒城马鞍山旅游风景区是舒城县乡村旅游的招牌，管理处的成立标志着舒城县乡村旅游事业迈上了新台阶，对推动我县经济社会快速、健康发展，更好实现脱贫攻坚同乡村振兴有效衔接起到了重要作用。

这里的旅游资源确实非常多。赵先生和刘女士游完回来，入住村里的农家乐。"游万佛湖，吃香椿宴"是农家乐的主打品牌。香椿是春季的时令菜，由于保存得好，所以即使现在是冬季，农家乐的那些巧娘也能制作出香椿炒鸡蛋、香椿饼、凉拌香椿、香椿拌豆腐、香椿拌白肉、炸香椿鱼、香椿炒腊肉等各种香椿菜品，令人眼花缭乱。

刘女士品尝着香椿，她觉得今天真不虚此行。她看到还在不断拥来的游客，想到那游人如织的场面，只有在黄山、泰山才能看到，它竟然在这小山村重现了。她赶快用镜头记录下这一动人的画面，向她的好友和亲人介绍。

第二十五章　农家之乐

转水湾火了，成了中国香椿网红打卡地，每天天南地北的游客纷至沓来，有自驾游来的，有组团来的，大多慕名而来。游客一来，村民们当然高兴，他们冲着香椿而来，以前香椿只能卖头椿、二椿，现在连三椿都好卖了，而且能卖上好价钱。

村里的接待能力十分有限，没有宾馆，没有饭店，没有停车场，没有娱乐设施，大家只是到此一游，买点香椿，拍点照片，发发微信朋友圈，不能留下实质性的财富。乡村干部更苦了，他们要花费大量的时间和精力，陪同到此考察的上级领导和大学的教授、学子，连轴转的接待，让他们十分疲惫。

程万年，前几年一直陪村干部在城里搞香椿销售，算是见过世面的人。现在的转水湾村如此红火，每天人来人往，他看到了商机。

说起程万年，周围的人没有不熟悉他的。他家是做豆腐的世家，他爸被人们称为"豆腐王"。自小，程万年就帮父母做豆腐，长大后，继承了祖上的豆腐店，开了家"程氏豆腐坊"，专门做豆腐和千张。做豆腐，他用了什么工艺和材料，大家不是很清楚，但大家都知道他家的豆腐和千张是祖传的品牌，一出货就被人抢光了。

"通常一天只做30板，1板30块豆腐，也就是900块豆腐，多了我们也不做。"程万年是个慢条斯理的人，很难看到他的激情，但他做事很有章法。

"销售对象主要是周边群众，每天他们需要多少都是固定的。拿过货，他们就自动扫码付款，我也不过去看是不是付款了。我们早已形成一种默契，一种信任。"对于自己所做豆腐的生产和销售，程万年娓娓道来。

老百姓很喜欢程万年做的豆腐和千张。这没有什么秘诀，比如千张和豆腐有弹性，吃着有嚼劲，闻着有香味，就是这么简单。

程万年限量的供应和销售，满足了周围群众的需求，也吊足了外地人的胃口。闲暇之余，程万年参与村里的香椿销售，天南地北地跑，成了村里的大红人。

跑多了，见识也多了，程万年的想法也多了。他看到了商机，决定办个农家乐，为游客提供吃、提供住、提供玩，让他们乐此不疲。

"办个农家乐，把我们的事业再做大点。"程万年是个说干就干的人，晚饭后，他与老婆商议起来。

老婆正在赶制第二天的豆腐和千张，听到这话，她猛地一怔，身子不由得晃了一下，豆腐渣一歪，掉在了地上。她赶紧用手捧起，单独放进一只空着的碗里，她是舍不得扔掉的。这个节俭惯了的女人要把这沾了泥的豆腐渣用水清洗一下，然后再炒着吃。

程万年虽然是个强人，但家里的好多事情要与老婆商议，他知道，他的老婆可不是那种依附型的人，虽然娇小、柔弱，但很能干，很有主见。这些年来，他能创出这份家业，没有妻子的支持是万万不能的。

其实妻子也早就看到了这个商机，但看到家里的豆腐和千张生意这么好，她就懒得动这份心思了。现在的人呀，都不想给自己巨大的压力，生活能过就行，何况他们的生活还这么滋润。

但现在听到丈夫这么一提醒，她也有了动力。

晚上，夫妻俩把家里的银行卡凑到一起，算了算里面的余额，有一百多万元。这是他们的全部存款，也是他们这么多年奋斗的成果。

"干吧，年轻不奋斗，老了会后悔的。再说了，现在机遇难得，稍纵即逝，我们要抓住它。"程万年鼓励道。

他们越说越有劲，越说越觉得前景光明。这一晚，他们相拥而眠，憧憬着美好的未来。

程万年要建农家乐的消息不胫而走。村民只知道程万年有钱，但没想到他还有这么大的气魄，他们羡慕嫉妒恨。这是可以理解的，一个刚刚摆脱了贫困的乡村，突然从他们中间冒出来一个身家一百多万元的人，总感觉是那么突然和不适应。

做事一定要低调，尽量不要引起村民的反感。程万年深知这个道理，但现在为这事业，他也顾不上那么多了。

程万年亲力亲为，如同一名建筑工人，他自己去选材料，自己去拉水泥，自己去拌泥浆。晚上，他又与设计人员一同研究图纸。

"规模可以适当大一点，楼下的大厅要能容纳一百多人。"程万年叮嘱着施工人员和技术人员。

工程在快速地推进，他想象着南来北往的人入住他的农家乐，品尝舒城的小兰花茶叶，称赞他炒的香椿拌豆腐，聆听他讲转水湾的民间故事。他想着想着，严肃的脸上竟露出了得意的笑容。

"这农家乐建得好呀，以后客人在此有住、有吃、有喝，玩累了还可以在此歇歇脚，你们勇于创新的精神，值得所有的村民学习。"赵后年也过来给程万年捧场。

一看到赵后年过来了，程万年就躲进了屋里，他懒得理赵后年。

几年的香椿销售工作中，程万年对赵后年是有点意见的，因为他觉得赵后年好抠，不管到哪去，他一分钱都舍不得花，买个窝窝头在马路上吃两口就算午餐，住宿也是找小旅馆将就。当他向赵后年提意见时，赵后年总爱拿过去的故事来教育他，什么梁生宝买稻种，在车站票房里过了一夜。这都什么年代了，还过那样的生活，可能吗？

"赵书记过来了，还不出来迎接。"老婆大声喊着程万年。他没有办法，只好出来为赵后年泡杯茶、散支烟，表示对书记的敬重。

闷声发大财，程万年的农家乐落成了。由县书法家协会文耀辉书写的"香椿人家"匾额悬挂在农家乐大门上，笔力遒劲，阳光下熠熠生辉，展示着香椿的雄浑底气。走进农家乐，跃然于眼前的是一幅北国山水，大气磅礴。里面的客厅分别以香椿命名，有椿阳厅、椿甜厅、椿芽厅、毛椿厅、椿花厅、红椿厅等。客厅里的墙壁上，用工笔画简单的线条勾勒出香椿的图片，线条分明，跃然墙上。

程万年简单地放了几挂爆竹就算开业了，没有邀请领导出席，没有电视台报道，没有剪彩，大家根本没有感觉，这偌大的农家乐就开业了。

程万年的老婆干事果断，现在忙得更有劲了。她不仅起早做豆腐、做千张，早上八九点后，她就带着相机，为游客拍照，然后把精美的图片装裱好，放在农家乐的橱窗上。她还很有心地把照片中主人公的姓名写在一张小纸上，放在画框下。她还制作了一幅香椿地图，标明哪块地是哪家的，看哪家的香椿地游客光顾最多，最受游客欢迎。

这招果然奏效，村民们纷纷前来，看看自家的香椿在游客眼中有多大的分量。回头客也多了，每次前来，他们都要在香椿地里留下最亮眼的照片，贴在农家乐的橱窗上。

这天，赵后年又来到了程万年的农家乐。这时的程万年再也没有躲着他，因为在前期的工作中，村里给了他极大的帮助，他从内心感激赵后年等村干部。

"乡里分来了一批大学生,为了培养他们,增长他们的才干,乡党委政府决定把他们放在乡村一线工作,如果你需要,我们可以帮你对接。"赵后年单刀直入。

随着事业发展壮大,程万年的确需要一批有能力、有水平的工作人员,但村里一些年龄大的村民已不能满足其要求了,他正为此伤脑筋。

"这真是天大的好事,久旱逢甘霖。"程万年高兴坏了。

"好!我要,我要,有多少我要多少。"程万年忙不迭地说。

"同学们!你们快过来!"随着赵后年的一声呼喊,从村委会里走出了五名年轻人,他们精神抖擞,意气风发。

"走!我们喝酒去!为他们接风。"程万年今天要好好庆祝一番。他要感谢在关键时刻赵后年给他雪中送炭,解了他的燃眉之急,为他的事业发展输入了新鲜血液。

第二十六章　文旅相合

文化是旅游的魂，没有文化这个魂，旅游就是孤零零的躯壳，没有生机和内涵。王成杰深谙这个道理。王成杰找到了县文联，县文联刚成立，新任主席张克武正想做点事。当时县委书记向张克武出了一道试题：要让村民乐起来、跳起来，精神充实起来，更要让村民富而思源、富而思进，以文化推动全县大发展、大变化。

既然县委书记提出了要求，王成杰又找上门来，张克武就紧急行动起来。通过周密调研，他提出开展群众性"五个一百"文艺活动，也就是：百名作家用文字记录舒城，百名歌唱家用歌喉寄情舒城，百名美术家用画笔描绘舒城，百名书法家用翰墨书写舒城，百名摄影家用镜头定格舒城。这是全县文化活动的一个品牌，他把着眼点放在转水湾村上。

这样，不甘落后的转水湾村成立了全县首家文联工作站。

转水湾文联工作站成立那天，省里、市里的文联领导都过来揭牌，张克武发表了热情洋溢的讲话，对转水湾文化工作寄予了很高的期望。

在工作站的推动下，村里相继成立了基层文艺工作队（组），如音乐队、舞蹈队、书法组、美术组、文学组、摄影组等，一个个文化组织如星星之火汇聚成全村文化之圣火。

文联工作站不仅把村里的文艺人才团结起来，积极性调动起来，还吸引在外的本村知名文艺人物参与村里的文化活动，请他们讲课，转水湾成了文化乐园。

有了文联工作站，乡亲们的活动就丰富了。一到晚上，偌大的文联工作站里，村民们挥毫泼墨。他们兴致很高，每天前来写写画画，自豪的心情洋溢在笔端。

田间地头，有几个人匍匐在一个伪装棚里，举着相机，对着天上的鸟儿，目光一刻也不离开。这是摄影组正在开展摄影活动。

偌大的村文化广场上，人们载歌载舞，欢声笑语洋溢在广场的每一个角落。"手抬高一点，扇子打开一点，头要摆到位，眼睛随着指尖望出去。"文化志愿者正在教学员彩调唱腔、台步和彩调剧表演等基础知识，现场彩扇挥舞，歌声飞扬。这是舞蹈队正在开展工作。

在村里的文化墙上，人们写着画着，一幅幅色彩绚丽的水墨画、渔民画、油漆画跃然墙上。这是书法、美术组正在开展工作。

农家庭院中，人们三个一堆，五个一群，与老农促膝交流，他们对农业生产、产业发展有着浓厚的兴趣。"听说村里来了大作家，所以我们就跟在后面学，我们要把村里最美的风景、最好的发展写出来，书写新时代的山乡巨变。"村里的"作家"刘媛媛向省里来的大作家取经求教。

村里的"诗人"刘小庆最近很高兴，因为他家刚刚被评为"文艺中心户"。"评文艺中心户，主要是为了稳定文艺人才队伍，让他们有荣誉、有地位，也是对他们的贡献的认可。"王成杰对文艺中心户的评选情有独钟。村里已评了二十多户文艺中心户，让他们组织和牵头开展文艺工作，激发乡村文化发展的内生动力，点燃乡村文化发展的"火种"。

在文化活动中，村里的文化能人纷纷亮相。为了保证活动长期深入开展，村里建立了文艺人才库。"人才库既是联系'建'和'用'的纽带，也是保障文化建设持续发挥作用的基础。文化来源于百姓，基层文化发展离不开百姓的支持与参与。"人才库是村里文艺发展的火种，只要有火种，文艺之火就能越烧越旺。

文联工作站、文艺工作组（队）、文艺中心户、文艺人才库，转水湾的文化组织体系得到了完善，进一步增强了文化工作的动力和活力。"到群众中去""文化进万家""送欢乐到乡村"等群众性主题文艺活动让群众享受了一顿顿文化大餐。

到了冬季，村民闲下来了，村里的文化生活更丰富了。刚刚脱贫的刘光成天天在家里拉着二胡，哼着小调。当阳光明媚、天气暖和时，他就来到村里的文化广场上拉，吸引了众多村民前来倾听。

在拉二胡的同时，他向前来的村民们讲起了以前拉二胡讨饭的事：

在并不遥远的几十年前，青黄不接时，村里人就是靠着这手里的二胡，带着老婆，携着孩子，走遍大江南北，这家要点饭，那家讨点米，要把整个荒季度过去。

但讨饭不是轻松的事，他们经常遇到人家的白眼。有的人看到他们来了，就赶紧把门关上或闩上，任你在门前等候多长时间，他也不开门。在冬天令人瑟瑟发抖的寒风里，他们从这家到那家，有时半天也讨不到一点东西，只好忍饥挨饿。在村庄里讨饭最怕遇到狗，它们见到生人就是一阵狂吠。狗好像也嫌贫爱富，看到他们拄着讨饭棍，一身褴褛，就向他们扑过来，甚至把他们咬得全身是血。一想到这血泪史，刘光成心里还是隐隐作痛。

虽然那时如此艰难，但刘光成对二胡还是充满爱和激情。记得有一次，他来到一个村后的广场上，慢悠悠地拉起了二胡。这二胡声，如清泉，流过石板；如激流，卷起千堆雪；如春风，拂过每个人的心田。庄稼人都陶醉了，他们拖着犁、扛着耙纷纷赶过来，一曲终了，他们要求再拉一曲，直到他拉得手抽筋。但看到这么多乡亲喜欢听他拉二胡，他就越拉越有劲，乐此不疲。到了中午，乡亲们纷纷把他往家里拉，要请他吃饭，并送给他一元、两元，甚至五元的钞票。

后来实行家庭联产承包责任制，他在自己的一亩三分地上辛苦耕作，很快解决了温饱问题，他再也不需要拉二胡外出乞讨了。但由于生产忙，二胡被束之高阁，落满了灰尘。

现在，村里要开展文化活动，可把这位老人家乐坏了。他把几十年没用的二胡又拾起来，掸去上面的灰尘，试着一拉，琴弦还是那样好使，声音还是那样悦耳。他有了底气，他要去参加村里的文化活动。

他决定创作反映新农村、反映人们新面貌的作品。他开始端详村里的变化，突然发现，平时司空见惯、熟视无睹的村容村貌，原来是那样美丽。湛蓝的天空下，一栋栋修葺一新的民居很是醒目；青山绿水间，集现代农业、休闲旅游、田园社区于一体的香椿酱综合园区，展现其特有的魅力。夕阳下的山村，如同一幅山水画铺在你的面前，美得让你陶醉。

他回到家里，揣摩着、思量着，来回踱步，这作品该从何开始写呢？越想写好，越不知从何下笔。他又走到室外，路灯下三三两两的村民正悠闲地散步聊天；家家户户的窗户里，透出明亮的灯光。他突然灵感来了：

崭新的楼房，安居着农家的人呀。宽敞的道路，通向了农家的门呀。绽放的彩灯，点亮了农家的星辰。飘香的花朵，秀丽了农家的美景。美美的新农村呀，幸福安康和谐温馨如花似锦胜仙境。甜甜的新农民呀，喜上眉梢心花怒放满怀豪情奔未来。

第二十六章　文旅相合

他慢慢哼唱，还真有点押韵。他高兴坏了，他就要用这部作品参加村里举办的香椿文化节。

第二十七章　靓丽导游

村里的文化和旅游事业发展起来了，这让小媳妇张小云也看到了机会，她不想待在家里了，她要外出干一番事业。虽然丈夫极力反对，但这次她要坚持，把自己的事业进行到底。

说起张小云，村里人很替她惋惜，这么漂亮，这么贤惠，这么知书达理，让王利川捡了个便宜。

张小云是外来的媳妇，长得很俊俏，虽然年近四十岁了，但仍水灵灵的。她的嗓子也好，即使吵起架来，那声音也带着磁性，引得人们驻足倾听。

村里的人常笑话她，一朵鲜花插在牛粪上。每当此时，她也总是呵呵笑笑，以一曲优美的黄梅调回应大家的调侃。

村里人这么说是有缘由的。张小云老家在贵州，初中毕业后，因为家里贫困，就没读高中，直接和村里的姐妹们去苏州打工。她进了一家服装厂，活相当多，为了多赚钱，她加班加点地拼。就在这时，来自转水湾村的王利川走进了她的视野。

王利川之前帮助王成杰推销香椿后，他的妻子因病情加重，不久后就病故了。为了生活，王利川把孩子交给了自己的妹妹照料，只身来到了苏州打工。

年轻时，王利川也曾到苏州打工，做的是服装的活，当时的他意气风发，对未来充满了憧憬，每天加班加点地干，他想多挣点钱，好回去讨媳妇。十多年后，他又来到了苏州，虽然做的也是服装的活，但物是人非，他拼命地干活，为的是减轻内心的痛苦，他要把对妻子的思念化为干活挣钱的无限动力。

同是天涯沦落人，在厂里，王利川和张小云相识了。贫困和生活的艰难让他们有了共同的话语。他们相互帮助、相互鼓励，两颗心逐渐碰撞到了一起。

周围的人都不理解张小云为何会看上王利川，他一没钱，二没势，还是个二婚，二人年龄也相差十多岁。每每听到有人讲到这些，张小云就默默离开了，她不想争辩或解释什么。她心里有数，王利川心眼好，知冷知热，又上进，有责任感，贫困只是暂时的，只要努力，什么都可以改变。

张小云的父母坚决不同意他们谈恋爱。"你这个大姑娘什么人找不到，为什么要找二婚的？"母亲气得几乎昏厥过去。但张小云就跟吃了秤砣一样，铁了心。张小云的母亲从贵州赶过来，要把女儿接回去，但张小云死活不同意回去。在母亲的堵截下，她从厂里的墙头上翻了出去，远远地向母亲磕了一个头，流着泪说："今生今世你养育了我，养育之恩来世再报吧。"而后，她拉着王利川坐着车来到转水湾村。

结婚以后，夫妻俩继续在苏州打工，但没干几个月，张小云就怀孕了，只好在家休产假，全靠王利川一人养家。4000元工资看似不少，但除去房租、电话费、水费等费用，所剩无几。他们不得已，只好回到了转水湾村。

这时，村里的香椿产业已发展起来了，相较前几年发展势头更好了，特别是村里提出的全域旅游发展思路，让整个转水湾村成了人们休闲娱乐的好去处。

毕竟在大城市待过，见识多，对于回村后的发展，张小云有了自己的想法。她不满足于丈夫提出的找村里要个公益岗位维持生计的想法。

"我们年纪轻轻的，要靠自己的勤劳和智慧发家致富。"她这样鼓励王利川。

张小云真要强，她想建几间房，开个农家乐，主打山区游、住、娱、乐等品牌，吸引八方来客。

听说要建房，这可把王利川吓坏了。从小到大，他就住在土坯房里，砖房都没想过，现在身无分文，居然要建楼房。他赶紧制止妻子，千万不要有这种想法，会被邻居笑话的。

这不是她眼中的丈夫呀，以前的王利川有思想、有魄力，她说啥他就听啥，现在怎么变得这样胆小？她呜呜地哭了，她想起了母亲当时的劝导：谈恋爱要睁眼，结婚后可闭眼。当初恋爱冲昏了头脑，不听母亲的劝，现在这般艰难。

生气归生气，得不到王利川的支持，张小云一筹莫展，但在她的心中，她还是想瞅准时机干一番事业。

不久，县里为了发展全县旅游业，启动了一个培养乡村导游的培训项目。

张小云从手机公众号上了解到这一信息后，激动得几乎跳起来。她太想当一名导游了，在家乡读小学、初中时，她就是班里的文艺委员，她的嗓音极好，表达能力又强，当时她的梦想就是长大后当一名导游，走遍祖国的大江南北、山川湖海。只不过后来她没考上高中，家里又穷，只能出来谋生，就把这梦想搁置了。

张小云第一个报了名。

导游培训在附近的万佛湖景区，总计一个星期时间，来自省里、县里的导游们对旅游职业礼仪与形体规范、讲解的规范与技巧、旅游的接待及服务进行详细的讲解。每一场讲解既有理论的解读，也有大量的实例，让学员们记忆深刻。法律专家也过来上课了，他们主要讲解安全知识、法律知识和相关注意事项。培训结束后，学员们参加了结业考试。

这是张小云离开初中校门后，第一次参加这样严格的考试，她有点忐忑不安，写字的手都有点抖。监考老师微笑着鼓励她，她才紧张地把试卷做完，至于对不对，她也不管了。后一场的面试，她吸取了笔试的教训，在家练了好几次，还到人多的地方试着讲了几次，胆子果然壮了。到了面试那天，她出色的演讲博得主考官的啧啧称赞。

张小云领到了县里统一发放的导游资格证，这样，她就有资格带团参观旅游，一次能赚200元。

当上了导游，她特别兴奋，她对转水湾的风情做了全面的了解，不仅是香椿，还有村里的历史、文化和当年修龙河口水库战天斗地的精神，她都一一搜集整理。每当有游客前来，她先带他们游览村里的现代风貌，介绍这天下第一香椿的知识长廊和村里的旅游景点，然后，顺着时间的经纬，介绍村里的文化，特别是那古村落遗迹，她总能把藏在里面的历史细说出来。

好处不止这些，每次带团，她都会带上自己的名片，或加上游客的微信，让他们再来时直接联系自己，这样，回头客果然多了。

"有的是在朋友引荐下过来的，有的是看到张小云发的抖音慕名过来的，有的是上一次意犹未尽而再次或第三次过来的。看到有这么多游客冲着转水湾而来，我的内心有着说不出的激动。"面对游客，张小云特别兴奋。

当上了导游，她的生活每天都被填得满满的，心情每天都是那么愉悦。每天都能看到这些从天南海北，不远百里、千里而来的新面孔，看到他们在自己的引导和讲解下，对转水湾的变化连连发出惊叹声，被转水湾的历史文化折服，作为一名转水湾人，张小云感到自豪和骄傲。

这年年底，张小云一算账，把她吓了一跳，居然赚了5万多元。这么多年来，无论是外出打工，还是在家谋生，哪见过这么多钱？这是她从小到大，第一次看到这么多钞票。她捧着钞票，激动地哭了。

更让她高兴的是，这年，在全县旅游宣传暨乡村名嘴大赛中，她获得了"乡村名嘴"称号，她的形象第一次出现在村里文化广场的电子屏幕上。

村里的旅游业发展起来后，除了香椿之外，板栗、花生、玉米、土豆、蘑菇等这些本来不值钱的山里货，也成了外地游客眼里的抢手货。张小云很是感慨，更让她看到了发展山区旅游的新门道。

她决定在村里开一家网店，专门推销村里的香椿和农副产品。她买来了器材设备，在自家的庭院里支起了店面，当起了网络推销员。她不仅卖村里的农产品，还卖县里指定代销的一些扶贫产品。她销售的产品越来越丰富：天麻、葛根粉、山芋、黄姜、庐镇挂面、山七干子……张小云说，这些产品，城里人喜欢得不得了，生态、环保、无公害，他们从网上下单从不讨价还价。

每次网上销售后，她就计算这次又赚了多少，从一晚赚1000元、1500元到3000元、5000元，数字逐渐攀升，张小云都不敢相信，她觉得这是在做梦，捏了捏自己的大腿，不是在梦中，她才惊诧于这网络的力量。

榜样的力量是无穷的。张小云做导游、开网店致富以后，村里的好多人也开始效仿。

"只要大家想学、想干，我就开门收徒。一人富不算富，大家富才

第二十七章 靓丽导游

算富。"张小云乐呵呵的性格让人们深受感染。为了满足大家学习的欲望，张小云开了一个导游和网店培训班。白天她去工作，晚上她就当老师。

有了钱，张小云要实现多年的梦想了，那就是盖幢小楼房，这是她梦寐以求的。她按照贵州的房子样式，请来了专业的设计人员设计了房子图纸，每处都体现了她家乡贵州的风格。至于每个房间要配备什么样的设施，要买什么样的床和家具，她更是一一过问。落地窗是她的得意之作，她要为她的农家乐做铺垫。

这楼房花了100多万元，但值。看着自己辛辛苦苦挣来的楼房，张小云的心里甭提有多高兴了。她要向母亲和老家的兄弟姐妹发出邀请，让他们到她的新家来坐坐、看看。

前几年，张小云的老家弟弟就到过安徽，想到她家来看看，但张小云不同意，她怕丢人。当时母亲坚决不同意这门婚事，现在自己混得这么惨，她怕弟弟回去一宣传，让母亲更加揪心。

记得那天要到城里去见弟弟，她从柜里找到一件像样的衣服，到县城一家饭店接待了弟弟，但还是弟弟结的账。弟弟知道姐姐的处境，但他看破不说破，只是邀请她到自己的公司干，因为他的公司有一百多人，正需要一个人当厨师。但她想到一旦自己离开，家里的婆婆谁来照料？孩子的抚养谁来负责？所以她婉拒了弟弟的好意。

现在，她也混好了，她要隆重地请娘家人过来，参加她的乔迁之喜。

弟弟派了三辆车，把母亲、哥哥一家、姐姐一家、妹妹一家、弟弟一家从贵州接过来了。

母亲拉着女儿的手，看着女儿还是水灵灵的样子，她放心了。

一大家人住在张小云的农家乐里，白天看看风光，张小云当导游，一路走一路看，其乐融融。

　　母亲再也不责怪女儿嫁得不好了，直夸这里人好、风景好，还是女儿有眼光。

第二十八章　脱贫检查

　　省里要开展扶贫工作检查，这次是委派第三方来村里检查，安徽大学经济学院的研究生们在老师刘业海的带领下，坐着大巴驶向了村里。从县城到村里，柏油路、水泥路交替着蜿蜒向前。学生们打开车窗，路边的各种花草、树木飞快地向后倒去，一眨眼，已消失在视野之中。他们把目光投向了遥远的田野、山川、村庄，满眼的绿色无边无垠，伸向遥远的天边。这里虽然没有淮北大平原的平坦开阔，也没有西部山峰的险峻陡峭，但绿色掩映的几户农家，平坦之间崛起的几座山丘，把丘陵的胸怀毫无遮挡地袒露给同学们。大家兴奋、激动，他们情不自禁地唱起了歌，歌声在车厢里回荡着。

　　车队到了村部，在村会议室开始分组，二十位同学被分成十组。根据要求，要利用两天时间对全村所有建档立卡的贫困户全覆盖检查，主要内容为：查户籍信息，看能力和负担，了解家庭成员结构，把劳动力从业状况等搞清楚；查住房，看住房的安全稳固性，把住房的面积、结构、安全情况等搞清楚；查生产生活条件，看基本生产生活状况，把地力耕畜情况、种植结构、主要日常生活资料等搞清楚；查收入，看家庭收入来源的结构稳定性，把经营性收入、工资性收入、财产性收入、补贴性收入等搞清楚；查财产，看贫富程度，把农户经营设施、经营实体、外购房产等搞清楚。同时还要查住院报销、慢性病治疗、帮扶责任人等，总共要对40多个问题做出评估。

小李和小张两位女同学被分在一组。

她俩住在同一间宿舍，这次被派来参与扶贫工作检查，她们高兴得一夜未睡。她们如同两只鸟儿，一直困在笼内，一下有了放出的机会，她们就要展翅翱翔，俯瞰人间城郭。

在检查前的培训会上，刘业海老师用十分专业的语言介绍怎样进行检查，要确保检查的科学性、随机性和客观性。小李和小张认真地做着笔记，她们对这次检查充满着无限的好奇。

来到村里，她们在赵后年书记的陪同下开始了检查。

她们打量着这个村子，很干净，房前屋后的小道上看不到一点垃圾，显得特别清爽。路上每隔一百米左右就有一个垃圾桶，擦得干干净净。村里最显眼的是香椿，家家户户门前屋后栽满香椿。她们对香椿不是很了解，但昨晚她们恶补了村里的产业情况，了解到香椿是村里的主导产业，还品尝了香椿炒鸡蛋，这是一种很好的蔬菜，味道好、香味浓。不知不觉，她们对生产香椿的转水湾村产生了好感。

她们看到村里悬挂着宣传标语：

打赢脱贫攻坚战，率先奔上小康路！

扶贫先扶智，治贫先治愚！

……

一幅幅标语就像欢快的小天使一样，招着手或眨巴着眼睛，欢迎这些远道而来的检查人员。这些标语有做成横幅悬挂在路上或夹在两树中间的，有在电子屏幕上滚动的，还有用红漆刷在整面墙上的。一幅特别的扶贫标语引起了小李和小张的兴趣：

真是贫困户，大家来帮助；

想当贫困户，很难有出路；

争当贫困户，永远不会富；

抢当贫困户，吓跑儿媳妇。

  标语既浅显易懂、朗朗上口，又不乏幽默诙谐，她们用手机拍下了这幅标语，发到微信朋友圈，迅速得到众人的点赞。

  她们走进一个贫困户，小孩子正在门口写作业，看到有客人到来，马上跑进屋里。

  "爸爸，爸爸，外面来客人了。"小孩显得特别兴奋。只见从屋里走出来一个中年男子，他热情地把客人往屋里迎。

  屋里很简陋，没有现代家庭的那种气派，如电视机、大沙发、大圆桌，只有传统家庭的小方桌，四周围着粗糙的凳子。进门的正屋墙上张贴着毛主席的画像，旁边贴了山水画。旁边的墙上贴满了奖状，看来都是这个小孩的奖状。奖状墙的边上贴着扶贫帮扶人的姓名、手机号码，其中就有赵后年。

  在大门的右侧，有一张不起眼的床铺，用木板搭的，一个人躺在床上，她正试着坐起来，但试了好几次，没有成功，男主人马上过去扶着她坐了起来。女人脸色红润，一个劲地表示非常不好意思，客人来了，不能待客，怠慢了大家。

  从赵后年口中得知，女人名叫刘娥，今年四十九岁，前几年突发疾病导致瘫痪，当时家里穷得叮当响，就在农村医疗室简单治疗，病情一直没有好转。脱贫攻坚以来，上面出台了"351"和"180"政策后，她才看到了治病的希望。

  对这两项政策，两位大学生基本了解，因为在培训会上老师给她们讲过：

"351"就是贫困人口通过基本医保、大病保险、医疗救助"两免两降四提高"等综合补偿后,在县域内、市级医疗机构和省级医疗机构就诊,个人年度自付费用分别不超过0.3万元、0.5万元和1万元,剩余合规医药费用实行政府兜底保障。通俗点说,就是贫困人口如果在县级医院费用超过3000元、市级医院费用超过5000元、省级医院费用超过1万元,剩下部分政府兜底保障。

"180"就是贫困慢性病患者一个年度内门诊医药费用,经"三保障一兜底"补偿后,剩余合规医药费用由补充医保再报销80%。

刘娥就享受到了"351"和"180"政策,到省城医院接受了治疗,病情迅速好转。前段时间刚从省医院回来,已能坐着轮椅出去透透气了。

小李、小张就和男主人攀谈起来,了解到男主人自妻了瘫痪后,就回乡专门照顾妻子。为了贴补家用,就在村里打零工。后来,村里有了公益岗,他被安排去做公益工作,这岗位就是负责村里的环境卫生。小李和小张不禁感慨起来:怪不得村里这么干净,原来也有这位男主人的功劳呀。她们又与刘娥攀谈起来,刘娥对现今的扶贫政策非常满意,这真是救了她的命,她要一辈子感谢共产党。

她们认为刘娥说得真诚,她的脸上始终洋溢着快乐的表情。她们记得培训会上,刘老师这样对她们说:入户以后,不光要问,还要看,干群关系好不好,扶贫政策落实到位不到位,要通过观察了解。要观察贫困户的精神面貌,贫困户说话的语气和表情,这最能说明问题。今天这户虽然还很贫困,但家里收拾得干干净净、亮亮堂堂,男女主人说话始终带着笑容。这说明村干部对他们家的帮扶很到位,让他们非常满意。

她们又来到了另一户人家,家里只有老两口和一个小孙子。儿子前年在外打工时,出车祸去世,儿媳就丢下孩子改嫁了。老两口都七十多岁了，与小孙子相依为命。看到她们上门来，老两口非常热情，端茶倒水，一脸灿烂的笑容。只是说到儿子时，老人们才黯然地低下了头。

小李和小张走到了老人们的厨房，把水龙头一拧，水就哗哗地流了下来，清澈见底。生活用水合格卫生，这是基本的生活保障，所以她们对群众的用水查得很认真。她们又走进了卫生间，发现洗漱间里的牙刷、牙膏整齐地排列着，都是名牌产品。她们怕村干部造假，是为应付检查而给贫困户买的，到村里的超市一打听，超市卖的都是这样的品牌。看到老人们的生活状况这样好，小李和小张放心地点了点头。临走时，她们要给孩子200元零花钱，老人哪肯收这钱，她们拉扯半天，老人才非常感激地接下了这钱。

晚上，小李和小张回来了，她们累得够呛，歪歪倒倒。晚饭后，她们与其他同学一起交流检查心得，认为转水湾村的扶贫工作做得真好，不仅群众真脱贫，而且干群关系好、生活环境好、文明风尚好。

赵后年听到了他们对村里工作的评价，放心地睡了一个踏实觉。

一觉醒来，赵后年轻松多了。现在脱贫工作结束了，又通过了检查验收，大家都长长地舒了一口气。

第二十九章　工作分工

　　转水湾村党群服务中心，是村民眼中的村部，是村里的政治中心，所有重大决策都从此处发出。因此，村民自然把目光聚焦到这里。上级领导到村里，这里也是第一站。

　　村部右侧是一处高地，建有村文化活动广场，在广场的边上又兴建了停车场，能容得下十多辆车。进停车场的老路坡度太大，新建了缓坡。现在从县城再到转水湾，一路畅通，可以直达停车场，比过去方便多了。

　　村里要开发旅游项目，王成杰昨晚接待客商，因为是招商引资，喝了点酒。他不喜欢喝酒，但为了工作，只好硬撑着喝了两杯白酒。在他的印象中，好像从来就没有喝过这么多酒。后来，怎么到房间休息的他都不记得了，好像断了片。

　　日上三竿，他才睁开惺忪的眼睛起床了。他打开厨灶，冰冷的，他喜欢吃蛋炒饭，但昨晚是在外吃的，锅里没有剩饭。他想吃点面，但冰箱里只有空面筒。他伸了伸懒腰，失望地看了看外面的艳阳，他想接着睡一会，但又想到今天的工作，就喝了两口水，夹着包，到村部了。

　　这是王成杰到村里工作的第二个三年，上一次三年到期，本可以回去，但看到村里的工作刚刚步入正轨，他的事业也才刚刚打开局面，他舍不得丢下这事业和满怀期待的村民，村民也舍不得他走，还写了联名信，这样，他又留下来了。

王成杰不怕工作忙，也不怕村里的急难险重工作。说实话，这样的工作，他干起来才有劲，才有成就感。但他害怕那些接待工作，害怕那些表格，以及没完没了的总结材料，有时，一项工作刚刚布置，上面就要求下面上报经验典型。

自从转水湾出名后，来参观的人越来越多，省外的、周边县市的、县内各乡镇的，还有友好村的，每天应接不暇。为此，王成杰专门成立了一个接待小组，由赵后年牵头，张小云具体负责。张小云伶牙俐齿，带领大家边参观、边讲解，大家流连忘返，向张小云竖起了大拇指。但时间长了，一些领导悄悄提醒王成杰，一些主要部门和主要领导过来了，你还是要专门出来接待下，不然人家说你架子大，不重视他们。你不重视他们，他们就不重视你。下次，你找他们办事可能就难了。

这一提醒，把王成杰吓了一跳，这些重要部门他是不敢得罪的。礼节事大，无论如何都要把这接待事做好，况且这还是宣传转水湾的大好机会。他多次在村民大会上说，这是送上门的宣传机会，村里的每一个人都是宣传员，都是形象大使，都要做好宣传工作。从现在开始，这宣传和接待工作，我第一个带头，坚决做好，给咱转水湾村争光。

王成杰就这样开始了连轴转，招商引资、产业发展、来往接待，很辛苦。

王成杰忙，赵后年好不到哪里去，他也忙得焦头烂额。

"'996'不算什么，我们都是'724在线'。"赵后年说，"村里现在时兴'一肩挑'，也就是书记、主任一人干。"一肩挑后，赵后年感叹基本没睡过安稳觉，随时要去解决夫妻吵架、父子分家、妯娌扯皮等各种事。

在农村，村民有一种身份认同，也就是找说话算数的，原来有事找村书记或村主任，找副职的少，现在"一肩挑"了，他们只找这"一肩挑"的。

早上一起床，他就赶往乡里参加乡村振兴推进大会。会议期间，他的电话铃声就响不断，他只好关掉手机，安心开会。会议至少开一个小时，等他打开手机，有十多个未接电话，还有群里的几十条工作信息。

"我家那么贫困，我的身体又不好，村里的公益岗怎么不安排给我干？"这条带着生气态度的信息第一个蹦到了赵后年的手机上。

"我的土地征用合同到期了，后期怎么处理？"村民刘大旺的信息又跳了出来。

……

五十多岁的赵后年眼睛明显老花了，他把手机伸在离眼睛很远的地方，认真地辨认上面的蝇虫般的字，一一回复。

"书记，我家的孙子调皮又不爱学习，你帮我找下老师，晚上请你吃饭。"赵后年刚跨进村部大门，就有大娘拦住了他，要解决孙子的学习问题。

大家都忙，赵后年想把工作分解给大家，但村里就四五个人，要对接乡政府多个部门，他们忙得不可开交。你看他们每个人的办公桌上，都码着如小山一样高的各类材料。在村部的文件柜里，整齐地排列着近年来汇总成册的资料：困难家庭、贫困母亲、留守儿童救助评议、"五保"户申报、退役老兵补贴申报、集体土地承包租赁管理、党员民主评议等。这林林总总加起来，各类资料有五十多册。文件柜装不下，又加了一个辅助文件柜。

"要学会弹琴，发挥每个指头的作用。"面对繁重的工作，赵后年开始了思索，村干部之间怎样工作，怎样配合，怎样发挥最大作用。赵后年喜欢看毛主席的著作，他的床头就有四卷本的《毛泽东选集》，没事时总要拿出来翻看，他要从毛主席的著作里寻找答案，找到工作的方法。

赵后年翻到《毛泽东选集》第四卷里的文章《党委会的工作方法》，在文章的字里行间，他写了密密麻麻的学习心得，字有点潦草，仔细辨认还是能认清的：书记就好比班长，要起到领头雁的作用，工作中，要学会统筹兼顾，眼观六路、耳听八方，也就是要学会"弹钢琴"，要坚持少数服从多数的原则，不能独断专行；要搞好集体的团结，有问题摆到桌面上来，本着友谊、互谅、互让的原则，坚持情感基础上的团结；要"互通情报"形成共同语言，目的是使党具有凝聚力、战斗力。作为一个村集体，首先，村"两委"成员之间要形成共同语言，为此，"两委"成员要经常互相沟通、交流，形成看问题、办事情的共鸣；其次，强化理论武装，要学习政策，加强对各项方针政策的理解，形成结合村实际的贯彻意见，从而达成共识，利于执行；再次，遇到困难要共同克服，共同想办法解决，把别人的困难当作自己的困难，一荣俱荣、一损俱损，大家心往一处想，劲往一处使，这样，乡村振兴的目标一定能够实现。

有了理论的指导，赵后年就有了努力的方向。他逐渐认识到，"一肩挑"不是一人干，就算他浑身是铁，也打不了几根钉，要发挥大家的力量。虽然大家都很忙，但合理的分工才是机器运转的必要条件。

没有明确的分工，就好像谁都在干，又谁都没干。合理的分工比任何加班加点都重要。

在王成杰队长的支持下，赵后年按照乡村产业振兴、乡村人才振兴、乡村文化振兴、乡村生态振兴和乡村组织振兴的要求，对村干部做了详细的分工。赵后年明确每人的职责和分工，并把分工表张贴在墙上，发布在村里的微信群中："以后，不要遇到事就找我呀，各人抓好各人的事，大事我来定夺。"

赵后年躺在村部的长椅上，他想好好休息一下，但不到三分钟，就有村民找上门来，大吼着："我要找赵书记！我家的香椿树被虫蛀了。"赵后年一骨碌爬起来，赶紧一起前往香椿地。

第三十章　救治病人

赵后年刚完成了村里工作人员的分工，本想好好休息一下，没想到，村民还是有事就找他，连香椿树被虫蛀了都要找他。

赵后年忙，但作为下派干部王成杰也好不到哪里。

夜半时分，王成杰的车子向前疾驰着。他夜里很少开车，所以他尽量开慢点，安全第一。路中间的绿化带在月光和路灯的映照下，斑驳陆离，呈现出各种不同的色彩，赏心悦目。这是城市建设中的一个新现象，不仅路中间建绿化带，路两边也拓宽三十米或五十米，栽种了大量的绿化树木，把整条马路包裹起来，行在路上，如行画中。

这样的景观，好是好，但以前王成杰总觉得哪里不协调，也说不出所以然来。直到国家要求大力加强农业生产，一再强调要把中国人的饭碗牢牢端在中国人手里时，他才觉得这是对土地资源的浪费。为此，作为代表的他，还提出建议，要求取消或缩减路中间和路两边的绿化带，以便让出土地多种粮食。

王成杰驾着车，风驰电掣，他今天没有心思考虑这些问题了，更无心观赏这些绿化带。

现在他车上载着可不是一般人，是海波的母亲。

当晚九点多钟，王成杰正在召开群众大会，电话铃声突然响起，是海波打来的。他着急地说："我妈妈突发急病，现在很危险，队长，你可不可以帮我们一下啊?"

十万火急。王成杰马上中止正在召开的会议,发动停在村里的车,一溜烟地向海波家驶去。

海波的娘躺在床上,两眼紧闭,喘着粗气,一家人围坐在老人旁边急得团团转。略懂医术的王成杰用手把了一下老人的脉搏:非常微弱。

"快!快!把老人抬上车。"王成杰命令道。

他立即驾着车直奔县医院,县医院简单看了下,但县医院不敢收治。王成杰又急忙赶赴省城。他联系了在省立医院的同学和朋友,要求他们做好准备。

到了省立医院,王成杰与海波抬起老人径直奔向急诊室。

挂号、交钱、拿药,楼上楼下,王成杰跑得气喘吁吁。

王成杰一直陪在老人身旁,两天两夜,没有离开老人身边半步。直到第三天,老人才睁开了眼睛。

老人清醒了,脱离危险了,王成杰长舒一口气,他立马把这消息告诉了亲朋好友,还发了微信朋友圈。

王成杰的亲戚和朋友赶过来了,他们送来了慰问金,带来了水果和营养品。他们显然把老人当作王成杰的母亲了,王成杰也懒得解释。

海波向来客说明这不是王队长的母亲,是他的母亲,是王队长热心,连夜把母亲送来治病,并看护到现在的。说着,就要把水果和营养品退给大家。众人哈哈大笑,哪肯把钱往回收?

王成杰看着大家拉来拉去的样子,说:"大家都不要拉了,海波的母亲就是我的母亲,也是大家的母亲,大家为母亲尽一点孝也是应该的。"

王成杰说:"我来到了转水湾村,老人家对我特别关照,把我们看作自己的亲儿子,今天,老人生病,我们尽点孝还不是应该的吗?"大家鼓掌表示认可。

说着，王成杰在病房里唱起了革命歌曲《我们共产党人好比种子》："我们共产党人好比种子，人民好比土地，我们到了一个地方，就要同那里的人民结合起来，在人民中间生根开花。"大家的情绪被调动起来，整个病房里的人都跟着唱了起来。

王成杰说："所以呀，我们就要同大娘，就要同海波，就要同转水湾的群众结合起来。"

海波早已泣不成声，他拉着王成杰的衣角，就要向他下跪。王成杰一把拉住他："这可使不得，这可使不得。"他说道，"你这一路走来也不容易，现在生活有了好转，我们懂得感党恩就行了，我们个人只是替党在做事，不要把恩情放在哪一个人身上。"海波小声抽泣着，他觉得王成杰是他遇到的最好的人。

客人们渐渐散去，王成杰和海波看着老人的气色明显好转，他们身上的千斤重担也卸了下来。王成杰走到床沿，问老人有什么想吃的。老人两眼盈着泪花，说："我祖上积了什么阴德，让王队长为我老太婆忙上忙下。"

"我是您的儿子，这是我应该做的。"王成杰抚摸着老人手说。他拿起一个苹果削了起来，他细致地用牙签把一瓣瓣苹果送到老人嘴里。老人更感动了，她挣扎着要起来，她要起来向王成杰磕头致谢。

老人的亲人们纷纷赶来了，他们一个劲地向王成杰致谢，众口一词的夸赞让王成杰的脸上泛起了火辣辣的红晕。

病房很小，一下拥进来这么多人，显得特别拥挤。他们走到老人身边安慰。老人不住地夸赞着王成杰，说他真是个大好人，没有他，自己的老命可能就没了。

这是浓浓的亲情，令王成杰好生感慨，他静静地坐在病房拐角的小凳上，看着这一幕幕亲情，他反而不说话了，想了很多很多。

"走，我们到城里逛逛。"老人的病情已好转，也有亲人的陪伴了，王成杰拉起海波出去走走。

王成杰驾车沿着长江路前行。这是他从小到大，每天用脚丈量的路。这省城的主干道，相较于以往车更多了，可以用"川流不息"来形容，好在大家的交通规则意识都很强，王成杰的车很容易进了主干道。

海波和王成杰开玩笑说："在这繁华的大道上，我们就像刘姥姥进大观园，你看我们的车如同一辆农用车，人家是宝马、奔驰，不是一个级别的，人家不会另眼瞧我们吧？"

海波虽然说的是句玩笑话，但让王成杰心里很不是滋味。当年，他为了工作方便，在来村之前，特地自费购买了这辆国产越野车，这可是花了他全部的积蓄呀。

来村后，这车就成了村里的公务用车，不管什么事，只要出点远门，大家就会用上这辆车，有时王成杰还要当驾驶员。不知不觉，三年多时间，这辆车跑了九万多公里。所有的油费和其他费用，全部由他自掏腰包。有一次，村里到大包干纪念馆参观，参观因公殉职的村书记沈浩展馆时，里面陈列着一辆车，上面写着"沈浩私车公用"的字样，王成杰开玩笑说："如果我要殉职了，也可以把我的车拿出去展览。"

在车水马龙的长江路上，他们一直向前驶着。海波很少来省城，他打开车窗，被城市的繁华和人流所震撼。

"这马路，比我们村里的广场开阔多了。"

"这人一拨一拨的，从哪冒出来的？"

海波不停感叹着。

车子快速地向北行驶着，两边的风景向后一掠而过，海波想再仔细

第三十章 救治病人　　159

看下，可惜轻"车"已过万重山。

"我们要去哪呀？"他望着专注驾驶的王成杰。

"现在合肥有条网红路叫延乔路，我们去看看吧，也接受一次爱国主义教育。"王成杰说道。

过了姜家湖路就是延乔路。

"延乔路"三个字格外醒目。

这是一条普通的路，但又是一条不寻常的路。

一群孩子走过来了，他们戴着红领巾，走在前排的学生手捧鲜花，他们正在开展少先队活动。其中一个学生表示，要把鲜花献给先烈，正是他们的牺牲才换来了今日的幸福，所以要永远纪念他们。

王成杰和海波从车里钻出来，从附近的花店买了两束花，走向展台恭恭敬敬地把鲜花献给了烈士。

"延乔路短，集贤路长，它们没能会合，却都通向繁华大道。"王成杰默念着。

这天空，晚霞灿烂，两位乡下人感受着历史的脉动。

当他们再次赶往医院时，老人已熟睡。王成杰留下了一沓钱交给留在医院的老人亲属，要他们好好照顾老人，自己和海波则连夜赶回村里，因为村里还有一堆事在等着他们。

第三十一章　光荣入党

　　转水湾村会议室今天布置一新，红旗分列两边，大红标语"坚持中国共产党的领导"闪闪发光，满壁生辉。全村的五十多名党员坐在主席台下的桌子两边。虽然他们是一群极其普通的庄稼人，但从政治意义上说，他们的身份可不一般，他们为转水湾村的发展呕心沥血，发挥了中流砥柱的作用，他们是乡村振兴的建设者和开拓者，他们是涌现出来的新乡贤。今天，他们的脸上写满了自豪，洋溢着春天般的笑容。

　　看到会场内被布置一新，疲乏的王成杰也来了精神，他走进老党员中间，与他们亲切地交谈着。

　　会议通知前两天就发下去了，今天参会的主要是村里的党员和入党积极分子，他们要为张小云、袁望、春霞三位同志举行入党仪式。

　　三位年轻人坐在台下会议桌的中间，今天是他们的喜事，他们庄重又兴奋，不断地用眼睛和每一个走进会场的人打着招呼。

　　"同志们！"王成杰这几天特别困乏，嗓音有点嘶哑，他扫视着全场，亲切地说，"我记得脱贫攻坚战刚刚打响的时候，我们开全村动员大会，大家也坐在这里，但当时大家都信心不大，是不是？"

　　台下的村民会心地笑了，是呀，这几年变化太大了，大家向王队长投以信任的目光。

　　张小云、袁望、春霞三人第一次参加这样的党内会议，感觉很神秘，左看看、右瞧瞧，显得非常拘谨，但看到同志们都这样轻松愉快，他们也放松了，呵呵地笑了。

老队长袁孝存今天也过来了，虽然已是九十岁高龄了，但行动依然敏捷。当有人搀扶他时，他摆了摆手，挺着腰板走进会议室。

这位老队长在全村享有崇高威望，当年带领村民打游击，赶走了赵财主，后来又带领村民参加土改，在革命、建设、改革的各个历史时期，他都是领头人。大家回忆起了当年实行包产到户的故事，当时好多地方已开始实行家庭联产承包责任制，村民们也跃跃欲试准备干了，但大队干部怕犯错误，还在观望。这时，老队长站出来说："不用怕，天塌下来有我顶着，要批就批我，要杀就杀我。"有了老队长冲在前面，大家才陆续跟上来。

今天这会议，他是昨晚接到通知的，当赵后年征求他的意见时，他说："这会，我无论如何都要参加，因为这是一次对年轻人进行教育的会议，是开展党的学习的会议，是重温党史的会议。我虽然年龄大了，身体不好，但可以克服。"

今早，他精神焕发地来了。他接过王成杰的话，细数几十年来的变化：

"好在我们有党的领导，为了建成小康社会，党中央号召我们打赢脱贫攻坚战，让我们的腰包鼓起来，让我们的生活好起来。"

"党带领我们总是从胜利走向胜利，党的威信高哩。"村民刘亚军在下面和另一位村民刘华窃窃私语。

刘华补充说："跟党走，这一点无论何时都不能动摇。"

赵后年对老队长的讲话也频频点头，他觉得老队长真是村里的宝贵财富，每次工作难以推动时，老队长都主动站出来积极配合，而且协助做村民的思想工作。

"你父亲当年入党时的情形,我还历历在目,因为我是他的入党介绍人。"这时,老队长把头扭向了赵后年。

"哦,那你说给我们听听。"赵后年来了兴趣。他一直为自己父亲是老党员而感到自豪,但父亲入党时的情形,他还真不知道。

"那还是20世纪60年代时的事,村党支部要发展两名党员,你父亲是其中之一。"老队长回忆起了往事,"入党那天,在大队会议室里举行入党仪式。会议室很简陋,泥屋草顶,屋子的正前方悬挂着毛主席的画像,还有当时的标语。当时的入党誓词是这样说的:我志愿加入中国共产党,承认党纲党章,执行党的决议,遵守党的纪律,保守党的秘密,随时准备牺牲个人的一切,为全人类彻底解放奋斗终身。"

"当时你父亲宣誓时,还是我领誓的。"老队长望着赵后年,感慨地说,"几十年过去了,没想到你也老了。"

"是呀,我也老了,但我还要继续带领村民干。"赵后年摸了摸自己略显斑白的两鬓说。

老队长继续兴致勃勃地说道:"我这几天查了下我们村党员的发展史。中华人民共和国成立前,我们村只有两名党员,他们发动群众打土豪、分田地,冒着杀头的危险闹革命,他们是令我们景仰的。中华人民共和国成立时,党员队伍得到了大发展,20世纪50年代有十多名党员,他们是生产的中坚力量,真正身体力行,是各方面的表率。不过,那时入党考核非常严格,不仅要查当时的表现,祖宗八代都要查,真正是严格的考验。"

"现在党的队伍更壮大了。"老队长微笑地看着坐了满满一屋的党员说。

"大家有没有发现我们党员队伍太老化了。"老队长不无忧虑地向大家抛出了这个话题。大家似乎被提醒了,抬头向周围看了看,果然大多银发闪亮。

"我们打赢了脱贫攻坚战，全面建成了小康社会，这个中华民族的千年奋斗目标业已实现，这是我们老一代党员的责任和使命，但下一步，我们要继续推动乡村振兴，我们要有新的血液和力量，把党的事业一步步推向前进。"老队长提高了嗓音。

"我个人的看法是，当我们的事业向前发展的时候，当我们的乡村振兴深入推进的时候，一定有大批年轻的同志加入党组织，我们不能实行关门主义，党的大门要向优秀的、有理想的、有情怀的人敞开，特别要向年轻人敞开。大伙看是不是这个理？"

"是的，是的。"广大党员不住地点头。

"道理说得透，我们方向明。"党员们呼应着。

赵后年总爱用庄稼人习惯的讲话方式打开话匣子，他宣布现在讨论两名同志加入预备党员的事。

赵后年看着香椿合作社负责人杨小龙说："你是他们三人的入党介绍人，你讲讲他们的情况吧。"杨小龙毫无心理准备，他刚才完全沉浸在老队长的讲话情景中。虽然他在企业员工大会上经常滔滔不绝，但今天是这么郑重的党的会议，他还是有点紧张。为了今天的讲话，他昨天特地打了腹稿，但现在一紧张，就全忘记了。

他的脸涨得通红，他有点结结巴巴地说："我们个人是非常渺小的，只有融入社会大潮中，融入党的事业中，我们才能发挥一点点作用。"杨小龙多么想讲他们在合作社里的表现，讲他们在生产、销售、帮助他人中的表现，他都准备好了，但由于紧张，竟想不起来了。

赵后年又把目光投向春霞三人，请他们谈谈对入党的认识，讲讲以后怎样努力和努力的方向。三个年轻人面面相觑，他们的鼻梁上都沁出了汗珠，不停地用餐巾纸擦拭着，他们相互示意，指望别人首先发言，打破这尴尬的局面。

赵后年看着他们，笑着说："你们不管谁先讲，都要讲一讲。"

春霞平时很能讲的，特别会做群众的思想工作，但今天这场合，她低着头，一只手捏着新买的西服的底边，另一只手在桌上摸来摸去，脸涨得通红，但一句话也憋不出来。

赵后年鼓励道："大家想到啥就说啥，不要紧张。"

张小云其实有一肚子话要讲的，但她把这会议看得太重了，平时在正规场合讲得又少，所以显得手足无措，无所适从。

这时，春霞的叔叔海波站了起来，说："你们年轻人有优势，既然入了党，就要进一步发挥你们的专长。比如这香椿种植，就要向科技要价值，提高香椿的科技含量，把香椿推向更大的市场。"

"海波还能讲出这么深的道理，这人吖，三日不见就让人刮目相看了。"人们在悄悄地议论着。

可能受到了海波叔叔的鼓舞，不待提醒，春霞从座位上站了起来。

她腼腆地对着大家说："我的身上问题很多，不爱学习，比较散漫，组织纪律性差。昨天赵书记通知我参加今天的会议，我一夜没睡着，我思量着，我这毛病要好好改，不能坏了党的名声。我也想请大家推荐专治这毛病的药，如果有，一百倍的价格我都买。"

春霞的幽默发言把整个会场逗乐了。

为了鼓励她继续讲下去，赵后年没有插话，只是微笑地看着她。

看到赵书记对自己的鼓励，她继续讲道："共产党要改造社会，首先要改造自己，我现在就开始慢慢改造自己。我入了党，就不能光为个人着想，要为大家着想，我要多读书、多看报，早日致富，带领更多人致富……同志们，今天我嘴上说的不算，大家看我以后的行动。"

她酣畅淋漓地讲完后，回到了自己的座位。

大会充满了活跃的气氛，袁望和张小云也谈了对党的感情、对自己的认识，这深深触动了大家，给其他党员留下了深刻的印象。

当赵后年请大家谈谈对他们三位入党的意见时，会场上爆发出了热烈的欢迎掌声。

"好同志！"

"够条件！"

"欢迎加入党组织！"

三位刚入党的同志是高兴的，但还有一位同志格外高兴，那就是杨小龙，在他的心目中，他们三位是他的得力干将，看到他们现在如此有出息，他发自内心地高兴。

三位加入党组织的同志也没闲着，他们已在思量着下一步的发展：香椿种植、香椿深加工、香椿销售……他们的思绪早就飘到了室外，飘到了香椿园。

他们踌躇满志，畅想着更远大的未来。

第三十二章　农耕体验

四月的转水湾，乍暖还寒，农人们早早起了床，虽然春天是睡懒觉的好时节，但一生勤于生产的人是一刻钟也舍不得歇的。

老队长袁孝存踏着雾气走进了自家的香椿地。虽然有点冷，但毕竟是四月的天气了，沾了春，地气不同了，到处是深浅不一的脚印。

香椿刚开了第一道芽，嫩嫩的，身上沾满了露水，好奇地看着这个世界。一阵春风过来，香气直扑老队长的鼻孔，他深深地吸了一口气，这味道不仅香，还有点甜。他的脸上露出了少有的笑容，那种甜蜜的表情把脸上的皱纹蹙得更紧了，如山峦一样起伏。

这是收获季节，不一会儿，阳光就洒满了整个小山村，人们背着竹篓，纷纷赶过来采摘香椿。香椿采摘是很有讲究的，因为你摘了第一道，还希望它能长出第二道、第三道，不能一次摘到根部，要留有余地，要摘得恰到好处，它才会接着长，才有更大的收成。

老队长参加了村里的香椿合作社，现在的采摘、分拣、运输、销售都由合作社运营，他平常的工作主要是参与合作社的管理和生产，闲暇时，他在杨小龙后面打下手。这样，他不但能得到合作社的分成和土地流转费用，还有工作的工资。老队长算了一笔账：合作社去年分成，他得了 32000 元；土地流转，他家三亩地，合计 1500 元；他为合作社打小工，工资收入每天 100 元，他工作了三十天，合计 3000 元；帮杨小龙打工，净赚 4000 元。这样，一年下来，总计 40500 元。

年底，他把这 40000 多元钱铺在家里客厅的大桌上，整个客厅都被映成红通通一片。他用手机拍下来，发到朋友圈，底下点赞和评论一百多条，大部分都是夸赞老队长的，这可使老队长激动了半天。

香椿丰收了，收入增加了，生活质量提高了，老队长想啥有啥，按理说他对生活应该很满足了，幸福感也很高了，但老队长偏偏不，他这段时间愁眉苦脸，好像有很多心事。

昨晚他从电视上看到一则新闻，说的是衡阳县台源镇台九村积极发展粮食生产，村委会主任朱霞从北京开完会，来不及歇息，就积极向乡亲们宣传要多种粮、种好粮，确保中国人的饭碗牢牢端在自己的手中。

这虽然是一则简短的新闻，但对老队长是一个强烈的震撼。

"我本质上是农民，什么事都先想到吃饭问题。"老队长终于吐露了他的心声，他悠悠地说，"粮食是老百姓的命，不，比命还重要，是命的命根子，是中国人眼里的神。"

他说，年轻时就没有吃饱过。"锅里照进碗，碗里照见人"是基本情景，"瓜菜代"是他们的基本食谱，南瓜和红薯是当年的基本食物。老人自问自答，如果要问青年时最深的记忆是什么，他的回答是饿！当时有句口头禅："小孩盼过年，大人望插田。"是啊，小孩子盼过年，是盼过年能吃碗香喷喷的大米饭；大人望插田，则期盼着有个好收成，能让家人吃饱饭。

老队长感叹着：农民辛苦啊！春节过后，元宵节前后，正是"七九六十三，行人把衣单"的时节，农民就开始备耕。农民把家里成捆的稻草，连土粪一起挑到田间地头，草在土里，土掩着草，开始烧"火粪"，空气中散发着稻草的清香。烧"火粪"是春耕生产的一个重要环节，一是为即将生产的田地增加有机质，二是可以把田里的害虫卵烧死。

然后就是泡稻种,通常将种子浸泡2~3天,然后用稻草或者不用的棉衣围住袋子放在厨房进行保温。在芽出来之前要注意温度变化,特别是种子中间的温度最好用温度计进行检测,不能让温度超过30℃,否则容易烧芽。

稻种浸泡发芽后,就在细腻如豆腐般的一畦畦秧田上均匀地撒下冒着白尖嫩头的稻种。要不了几天,秧苗就开始从膏状的泥中探出脑袋,春风一起,秧苗就绿油油的了。

"布谷飞飞劝早耕,春锄扑扑趁春晴。千层石树遥行路,一带山田放水声。"这是姚鼐先生的一首诗,描述的正是农民整田的情景。通常秧苗长得差不多了,此时是清明前后,农民开始牵牛下田,把种了花草的田地翻起来,这花草就成了田地的营养物。这样,再用水把秧田浸泡几天,用耙平整,就可以插秧了。

之后的工作,如插秧、施肥、薅草、放水、打虫、割稻、脱粒、晒稻、扬稻、归仓,每一道工序都是那么繁杂和辛劳,整个夏季,农民来不及喘一口气,一件接着一件,整个人都累得变了形。有的甚至就在炎热的稻田里昏厥了,紧急送到村卫生室才救回一条命来。

老队长说,当时他带领全生产队的人一起忙生产,但在那种"大呼隆"的体制下,好多人养成了懒、散、躲、糊、装的习惯,人浮于事,造成大家有样学样,虽然生产队采取了很多鼓励劳动的措施,但粮食产量还是很难上去。

"一粥一饭,当思来之不易。"老队长说,只有亲身体验过辛苦劳作的人才会感受到我们农民的艰辛,也只有经历了饥饿的人才更懂得粮食的珍贵。

他说,敞开肚皮吃饭,想吃多少就吃多少,是我们那一代人的梦

第三十二章 农耕体验

想，甚至可以说是整个中华民族几千年来的梦想，这个问题现在才真正解决了。欣逢盛世，我们骄傲啊！

老队长要几亩地种植水稻，他说这是他的心愿，也是提醒人们不要忘记饥饿。

"你这么大年龄了，就不要种了，我们帮你发展生产。"王成杰一再劝说老人不要再折腾了。

"我闲得慌，只有干活才有劲。"虽然年近九十岁，但他仍不服老。

"你的精神令我们敬佩，我们支持你，但不要太累了，需要我们帮忙时，你说一声，我们就过来帮你。"王成杰紧紧握住老队长的手。

村里给老人分了一亩地，靠近水渠，用水也方便。

这块地是老队长家的祖地，年轻时他就在这块地上插秧、割稻，这里留下了他的足迹，他对这块地充满了感情。当时粮食紧张，是这块地解决了全家人的吃饭问题。前几年，村里为了发展香椿产业，改为种植香椿。在合作社的帮助下，这小小的一亩地给老队长带来的收入足以改变他的贫困面貌。所以，老队长称这块地为"救命田""致富地"。

老队长从渠里引来了水，把地里的土泡化了，再用拖拉机把土翻过来，用锄头把每个土坷垃都敲得粉碎，还用手细细捏过。他捏得那么仔细，像抚摸婴儿一样。村民们忍不住笑了：哪有你这样干活的？都像你这样，那我们一人只能耕那一亩三分地了。他呵呵笑着说："不是这回事，我们每个人都要依靠土地才能生存，土地为我们提供了衣食住行，我们对每一寸土地都要有一份感恩之情。"

老队长还是用老办法来耕作。他认为人畜粪能为土壤提供肥力，于是，他到处收集人畜粪，还到附近的水塘去挖塘泥。他认为化肥用多了，容易让土壤板结，不易于长期耕作。他去街上种子站买种子，在工作人员的推荐下，他认为黄华占品种很不错，植株矮、抗倒性强、生育期适中，种植出苗快、成活率高，适宜直播、机械化收割，平均亩产700千克。

这一亩水稻，长势一直很好。老队长早去一趟，晚去一趟，看着黄澄澄的稻谷，有时还拍张照片发到朋友圈里。快收割的时候，他成天在地边守护着，不让麻雀去偷嘴，防止小动物去破坏。收割的时候，他一把把割得非常仔细，做到颗粒归仓。

老队长深知传统的农耕生活已逐步淡出人们的视野，他有着更大的筹划，他要将这块田地打造成为一块农耕体验田。

"我们提供种子、肥料和农具，鼓励城里人来此耕作，体验农耕生活，品尝稼穑的艰辛。"老队长有着自己的想法，他要把这块地打造为乡村旅游的一个景点，成为乡村的一道风景线。

老队长憧憬着未来："我们还要建一个农耕博物馆，收藏快要消失的农具，让他们真正记住乡愁。"

这位饱经沧桑的老人，以他丰富的阅历和经验，向我们说明一个道理："丰收不是理所当然，吃饱饭从不是天经地义，年轻一代没有饿肚子的经历，对他们来说，端起碗来吃饭、拿起筷子夹肉是与生俱来的。这就需要我们教育他们，没有理所当然，也没有天经地义，一切都不是历史的常态，我们要居安思危，抓好粮食生产，因为它是我们的生存之本。"

第三十三章　开启秧门

布谷鸟欢唱在房檐、柳梢上，翠绿绿的秧苗如画卷一样铺展开来，今年转水湾的村民格外忙碌。

刚刚喜获香椿大丰收，他们要趁着这高兴劲儿，把今年的"开秧门"办得红红火火。

赵后年是这项活动的积极推动者。这几年，村里的产业发展起来了，村民的腰包鼓起来了，他又打起了发展传统文化事业，丰富群众精神文化生活的主意。

小时候，村民们开展"开秧门"活动，老赵记忆犹新。"开秧门"对于村民是一个特别盛大的节日，转水湾村民把秧苗称为"秧姑娘"，"开秧门"这一天被视作"秧姑娘"嫁给"田小伙"的日子。这大喜的日子一般选择在春分过后或清明前夕。

"开秧门"的前几天，家家户户开始置办栽秧酒。这里有一句俗语："栽秧的酒，打谷的饭。"所以，人们对这顿酒特别重视。

"开秧门"的前一天，男主人负责买回新鲜猪肉、牛肉，天上飞的、地下跑的、水里游的，能买回的都买回来；女主人则在厨房里忙着杀鸡宰鹅、做圆子、做糍粑等，忙得不可开交。

到了晚上，男主人把第二天帮忙"开秧门"的村民请到家里，桌上摆满了各式菜肴，有荤有素，什么猪蹄、牛肉、腊香肠、腊排骨，还有鱼儿、圆子、青豆、蒜苗、水煮青菜等，几乎把菜园都搬过来了。客人入席后，主人双手捧着盛满酒的大土碗，推杯换盏，你言我语。

今晚的酒宴习惯称为"正席酒"，借用新郎、新娘结婚前一晚宴请主要亲戚和媒人的宴席的称呼，意为很正规、隆重的宴席。今晚，出嫁的女儿回来了，帮厨，打扫卫生；外出的男子回来了，招待客人，迎来送往。

主人劝酒要适可而止，既要体现殷勤大方，又不能让客人喝得太多，因为第二天还要"开秧门"，还要去插秧。

客人走后，主人还要做一系列准备工作。捆扎秧把的扎丝要用竹箬撕成，或是用灯芯草剪齐代替，每把100根。女人们要准备好第二天早上的食物，等到干活时送到田埂上打尖，也就是充饥，大多是发粑、点心，以及农村的扎货。这一系列准备妥当了，主人才能安心睡去。

第二天早上，天刚蒙蒙亮，主人就起床了，把腊肉、鸡蛋、花生、白酒等端到院子里，面朝祖宗牌位，烧纸、烧香，祈求风调雨顺，保佑五谷丰登。

东方已泛出了红晕，主人请来的鼓手也已赶到，他们来到了田坎边。在一阵鞭炮和击鼓声中，人们步入水田里，走到绿油油的秧苗前，先小心地试探水的深浅、土壤的松软度，接着试拔，不能损伤了秧苗的根，把握好基本的力度后，就开始快速地拔秧。

水波起伏，翠绿的青秧一株株从泥土里起身，在春水里濯去根泥，一双双布满茧的手用竹箬或灯芯草把成把的秧苗捆扎成团、成簇、成垛，白嫩的根须一溜齐地排在一起，像纤纤玉指，像未及染墨的笔毫，鲜嫩欲滴，楚楚动人，俨然一个个青衫翠女。它们身姿婀娜，满眼春色，满面春风，那么急不可待地奔赴农田，茁壮成长，挥洒生命，开花结实，带给农人丰收的喜悦。

第三十三章　开启秧门　173

大家弓着腰，暗地里较着劲，谁拔得快，谁拔得好，谁能把秧苗整整齐齐地捆好，谁就是高手。

这时，为了缓解劳动的疲劳，有人大声唱起了山歌，其他人也跟着唱起来。山歌是村里的能人现编的，触景生情，或雅或俗。山歌伴随着咚咚的鼓声，气氛十分热烈。

早晨的霞光映照在秧苗上，映照在每个人的头发上、脊背上，人们在田里随着鼓点的轻重缓急，随着歌声的或高或低，你追我赶，玩起了"赛龙"，整个村庄成了劳动的场面。

赵后年对"开秧门"有着很深的情感，对当时的每一个细节都记得清晰。

他觉得非常可惜，近年来，为了推动村民致富，发展村里的产业，大面积种起了香椿，这满载着对粮食的无限敬重的"开秧门"活动也似乎消失在历史的记忆中了。

香椿确实要种好，香椿产业也确实要发展起来，但粮食生产是"国之大者"，一定要把饭碗牢牢端在自己的手里。这是中央的号召，这是党的要求，所以，粮食生产一点也不能马虎。

这几年，村里也把粮食生产重视起来了，特别是在老队长水稻试验田的示范带动下，人们对农耕生产产生了别样的兴趣，城里人也过来体验种水稻、收水稻、犁田耙地这样的农活。他们说，这样的生活才是一个真正的中国农民所有的。

赵后年决定办一次"开秧门"活动，既能唤起人们对粮食的重视，也能促进村里旅游业的发展。以后城里人来村里认领一块地，由他们来耕种和收割，带动了他们的消费，村里的发展岂不更好？

他说干就干，与王成杰商议，王队长当然一百个支持。

举办开秧门活动，这消息激荡着每个人的心灵，年老的村民跃跃欲试，年轻的村民觉得好奇，外来的游客表示到时一定来凑个热闹。赵后年通知大家：本着隆重、节俭的原则，不请传媒公司，一切由村民自办、自娱、自乐。

蓝天映在村庄的水田里，天与水融为一体，水天一色。转水湾"开秧门"农耕文化仪式正式举办，来自全国各地的游客和当地群众齐聚在村里的文化广场上，祈求风调雨顺、五谷丰登。

文化广场的大屏幕上开始播放转水湾的农耕视频，生动自然地再现了村民犁田、耙田、栽秧、打泥巴等农耕实景，真实再现了农耕文化，以及旖旎多姿的山水风情。

祭祀活动开始了，刘卫东当起了主祭祀官，由十几名神情庄严肃穆的青壮年组成的祭祀队伍缓缓走向祭台。这是一个简易的祭台，用几张桌子拼成，上面铺了红布。在刘卫东的引领下，祭祀队伍向天、地、水敬献鲜花、水果、粮食，祈求五谷丰登。

赵后年面对水田，面对祖先牌位深深地鞠了一躬，他说："六百年前，我们的祖上把我们带到这里，在这里扎根，也把这盛载了丰富文化遗产的'开秧门'传到了这里。几百年来，我们的祖先秉承种好粮食、多打粮食的家训，一代代在这里耕耘、收获。在新时代，我们要加强粮食生产，粮安天下，农稳社稷。今天的'开秧门'，是我们向祖先的工作汇报。请列祖列宗放心，今天的我们正处于伟大的盛世，国泰民安、祖国繁荣，我们一定要守好稻麦米香，端牢中国饭碗。"

祭祀结束，人们表演起歌舞，一首首山歌响彻田间，幸福的歌声承载着小山村的传统文化，让人们仿佛置身于六百年前先民初创这块土地的情景。

典礼完毕，随着阵阵的鞭炮声，现场嘉宾和游客欢欢喜喜下田插秧。吆喝声、欢笑声此起彼伏，让沉寂了整个冬天的田野顿时热闹起来，欢声笑语在空中飘荡，在人们的心头荡漾。

仪式进入高潮，开始了抛秧环节，一扎扎秧苗被高高地抛向田中，在天空中划出一道道弧线。"抛得越高、越远，今年的收成就越好。"赵后年和王成杰也参与了抛秧活动。农田里笑语阵阵，水声荡漾，一幅晨光下的农忙欢乐图。

在另一活动现场，机器插秧比赛与村民手插秧比赛正在进行。从村里挑选的插秧能手挽起裤脚走进水田，两只手左右开弓，把一株株秧苗插入田间。随着插秧选手不断后退，一片片碧绿的秧苗从眼前延伸到远方。但机器也不甘示弱，随着突突声响，成片的秧苗已在无垠的水田里铺好。

"开秧门"活动持续一周，游客纷至沓来，转水湾顿时成为网红打卡地，游客们在这里体验了插秧、采香椿、炒茶叶等乡村生活的乐趣。

"一把青秧趁手青，轻烟漠漠雨冥冥。东风染尽三千顷，白鹭飞来无处停。"这春天的画面，这乡村的风情，乡亲们虔诚地守望着，热切地期待着。那扇秧门就是孕育希望之门，就是走向丰衣足食之门，就是走向小康之门。从此，丰衣足食的日子在村庄已不是奢望，而是实实在在的。

第三十四章　晒谱活动

到了阴历六月，转水湾越发地热了，太阳火辣辣地照射着大地，空气被烧热了，庄稼也要烧焦了。

滚热的天，赵后年更有一颗滚热的心。进入六月，他就在筹划一项重要的工作——晒谱。

仓廪实而知礼节。近年来，转水湾村发生了历史性的变化，人们的物质生活得到了极大的丰富，随之而来的就是人们对精神生活的渴求。

这时，有村民偶尔把家谱请出来晒一晒，年轻的村民不懂，不知道晒谱是什么。

晒谱，在赵后年看来是再普通不过的活动，年轻人居然不知为何物。"文化断层呀，这实在太可怕了！"作为村里的当家人，赵后年对村里的文化建设格外看重。

中华民族为什么绵延不绝？因为我们一直守护着悠久的中华传统文化的根和魂。现在的村民，特别是年轻人对传统文化的无知和轻视，实在超出了人们的想象。想到这里，赵后年不禁汗涔涔了，他感觉使命在肩，他想要唤起人们对传统文化的敬重。

晒谱，是一直萦绕在赵后年心头的一件事情，他认为传承族谱文化能唤起我们对根的记忆。

在赵后年的记忆中，晒谱是很隆重的事，在他小时候，村里还每年举办一次晒谱节。

当时的晒谱活动主要在村里的赵氏祠堂举办。祠堂是赵氏家族集资修建的，是村里唯一最壮观的建筑，庭院、门楼、廊庑、厅堂，布局合理。祠堂不仅供奉祖先的牌位，还是人们进行婚丧活动的重要场所。祠堂广场右侧的"赵氏祠堂"几个大字格外引人注目，它来自元代大书法家赵孟頫，这给祠堂增添了无限的文化含量。当然，这字是赵氏族人们从赵孟頫的众多字中挑选出来的，并不是赵孟頫单独为此题写的。如果是赵孟頫的真迹，那可是无价之宝了。

阴历六月初六，是族人们晒谱的日子，人们俗称为晒谱节。这一天，如火的骄阳阻挡不住族人虔诚的脚步，大家纷纷来到祠堂。族长主持晒谱活动，随着阵阵鞭炮声，宰杀雄鸡，族人们纷纷跪倒在祖先牌位下，族长小心翼翼地将存放在祠堂专柜里的十多本族谱请出。大家共诵《家训》："昔吾祖不远千里，千辛万苦，来此荒芜之地，耕作创业，已历数代，幸祖宗护佑，家族昌盛、生活安宁。为使家族永续发展，要务必勤，务必俭，务必正，务必廉，务必刻苦读书，务必亲族邻里，有喜必庆贺之，有疾必问之，有丧必用之。"

诵毕，大家分头检查族谱，看有无损坏或霉变。几位先生开始对一年来家族成员的生、卒、配、葬情况进行摸底。在众人的注目下，先生手持毛笔郑重其事地在族谱上一一登记，没有丝毫遗漏。

最期待的当然是添写新丁，先生写好后，当众大声宣布小孩的姓名，众人一片欢呼，鼓掌祝贺，祝愿本族子嗣兴旺。随后，大家焚香净手，把族谱请到室外，一本本有序摆放，用竹签把族谱摊开，沐浴在阳光下，如果阳光太大，就用遮阳伞遮住强光，或把族谱移到阴凉处，有如西天取经回来的唐僧师徒在石上晒经的情景。

随后正式召开会议，族长通报上一年度家族的重大事项。面对着祖先的牌位，大家真诚地检讨过去一年的不足和过失，表示要努力搞好下一步的生产、生活，不辜负祖宗的期望。

中午大家喝着酒，畅谈着、交流着，彼此的感情进一步升温。下午，阳光偏西，焚香鸣炮之后，族长小心翼翼地把族谱重新请进族谱专柜，合掌、鞠躬。至此，晒谱活动圆满结束。

为什么是六月六晒谱呢？难道六月六阳光强、天气热吗？当时小小的赵后年带着好奇问爷爷。爷爷手捻长髯，看着爱思考的小孙子，很是高兴，于是娓娓道来：

农历六月初六，相传为"天贶节"，有两个民间传说。

民间传说一：相传起源于唐代。高僧玄奘从西天取经回国，经文在通天河被淹，于六月初六将经文暴晒。后来，大小寺庙、祠堂都会翻晒经书族谱，一直延续到今天。

民间传说二：宋代时有一年六月初六，上天赐给宋真宗赵恒一部天书，赵恒将天书视为珍宝，收藏起来。为了防止天书霉蛀，每年六月初六这一天，他都要把天书拿出来暴晒。后来读书人也在六月初六这天，将所藏的书籍、字画摊在太阳下晒，又称六月初六为"晒书节"。

这样慢慢演变下来，就成为晒谱节。

小赵后年听了爷爷的讲解，趴到爷爷的肩头，要求再讲一个故事，爷爷哈哈大笑起来。"好！好！"爷爷一个劲地答应着，他对孙子的求学和好问精神很是满意。

其实，晒书传统在古代文献典籍中多有记载。东汉崔寔的《四民月令》记载："七月七日，曝经书及衣裳，不蠹。"北魏贾思勰的农学专著《齐民要术》中也描写了晒书的场景。《世说新语》中也有"郝隆只晒腹中书"的典故："郝隆日中仰卧，人问其故，答曰：'我晒书。'"北宋时期，晒书成为流行的风雅之事，宫廷会在农历六、七月举行曝书会，将珍贵字画、书籍等拿出来晒，士大夫便可借此大饱眼福。《宋史》中有相关记载。元、明、清时期，文人、藏书家也在七夕前后赏书、拜书、祭书、传书。

战乱和兵灾，以及特殊的历史原因，使晒谱活动一度终止，只有部分人家在六月初六这天悄悄地把家谱请到太阳下，放一挂爆竹，以了却自己的心愿。

这就是赵后年对晒家谱的全部印象。前几年，他就试图重新举办晒谱节，唤起人们慎终追远、崇尚祖先，但当时大家生活如此艰难，况且，晒谱活动多年没有开展，人们对其的需求和兴致又不是很高，所以，他就打消了这个念头。

今天的情况不一样了，盛世修谱已成为人们的自觉行动，你方唱罢我登场，人们不仅修谱，还开始晒谱，自发地举办起晒谱节。

不能做群众的尾巴，就如种植香椿一样，要引领群众干，不能跟在群众屁股后面干。赵后年决定举办一场像样的晒谱活动，而且要持续办下去，让文化的种子在乡村生根、开花、结果。

"我们准备办一个晒谱活动……"赵后年的话还没说完，王成杰就立马表态支持。虽然王成杰来自城里，但他对乡风乡俗特别了解，对乡村文化事业更是特别支持。

举办晒谱活动，这消息像长了翅膀似的，一下子在村民中传开了，它勾起了年老村民的回忆，它激发了年轻村民的向往。

最忙的当然是发起人赵后年，他把研究村史的刘卫东老先生请了出来，向他请教过去晒谱的规则和要求。

已经八十多岁的刘卫东，腿脚不是很灵便，一听说要晒谱，他的劲头就来了。晚年的刘卫东生活很幸福，儿子张小林大学毕业后在城里安了家。张小林很孝顺，虽然刘卫东是义父，但一直把他当作亲生父亲一样照顾，他一直想请二老到城里生活，但刘卫东和老伴觉得在城里生活不习惯，所以就在乡下生活，老两口相互照应，其乐融融。

讲起晒谱，刘卫东可是行家，他要主持这次晒谱活动。

他首先确定了这次晒谱活动的主题：庆祝丰收、继承家风、褒扬先进、传承文化。

活动该在哪举办呢？按照过去的传统，晒谱活动通常在当年有男丁出生的家庭举办，但现在新事新办，也可以在有女孩出生的家庭举办，这个改变得到了王成杰和赵后年的支持。

"这次晒谱活动在我家举办吧！"一大早，王利川就来到了村委会办公室，差点与正上班的赵后年撞个满怀。他忙不迭地给出了一大堆理由："今年我的女儿出生了，新添了人口，添人添福。这么多年来，在村干部的帮扶下，全家不仅摆脱了贫困，还奔向了小康。我们还准备创办导游公司，把乡村振兴的事业做得更大。"

看他滔滔不绝的劲头，赵后年爽快地答应了他的请求。

王利川紧张地忙碌起来，开着小车到城里准备货品，妻子张小云开始了洒扫庭院等大扫除工作，还请了村里几个能做菜的大娘大婶和小媳妇，就这样开始忙活起来。

六月初六到了，刘卫东一早就赶到了王利川家，对王利川开始了指导。在他的指导下，王利川把装有族谱的专用箱子恭恭敬敬地摆放在客厅的最中央，擦得锃亮，箱子上铺了红布，箱子旁边，点起了蜡烛，焚起了香。

本族的人三三两两地赶过来了，刘卫东指导每个人向族谱三鞠躬，张小云忙为客人沏上茶。

早上八点多钟，王利川的庭院里就挤满了本家族的人。他们大部分都是从天南海北赶回来的，特地见证家族的盛大节日。

在刘卫东的安排下，展放家谱的专柜被虔诚地请到了庭院的中央，摆上了猪、鱼、鸡等祭品，众人面对族谱垂首而立，庄严而肃穆。族长大声宣读：一鞠躬、再鞠躬、三鞠躬。随后大家一起诵读《家训》。这时，鞭炮声响起，主人王利川打开族谱。刘卫东拿起毛笔，郑重地在谱上添上王利川女儿的姓名：王亚苗。众人报以热烈的掌声，祝贺家族再添新丁。

这时，人们开始围拢到家谱前，认真翻看起来，他们要在这里找到历史，找到自己的根。刘卫东发挥自己的专长，向大家讲起了本族的祖先历经千辛万苦从江西瓦屑坝迁徙过来的情景，教育年轻人不忘初心，牢记祖训，积极作为，建设家乡。

上午十点左右，阳光已铺满庭院，刘卫东把家谱一页一页展开。阳光下，家谱静静地躺着，一阵风吹来，发出了飒飒的书页翻动的声响，有如在述说着家族的荣耀和艰辛，激励人们勇往直前。

接着，大家走向祖宗的墓地。这墓地是六百年前王氏家族的一世祖墓。家谱记载，当时一世祖带领村民来到转水湾后，开垦荒地，种植香椿，家族从此在转水湾扎下根来。一世祖死后就被埋葬在这里，慢慢地，这块墓地就成为当地村民的图腾之所。近年来，通向墓地的道路也被硬化，清明等节日，前去祭祖的越来越多，他们或燃一挂爆竹，或折几朵花以寄托哀思。

祭祀活动开始了，全族人按照辈分大小分成几列，由王利川牵头祭拜、鸣炮、上香。

今天的王利川非常激动，他述说着自己的脱贫史。从家徒四壁讲到实现小康，从一无所长讲到产业发展，从灰心失望讲到信心满满，他要把这些年的变化和发展向一世祖详细报告。

"我们遇上了好时代，请列祖列宗放心，有党的领导，我们后辈的生活会越来越好的。"他动情地抹了抹眼泪。

祭祀之后,他们三三两两地回到了王利川家的庭院。午饭开始了,大人和小孩被分成几桌,围在一起享受节日带来的欢乐,大家划拳猜令、举杯庆祝,场面和睦、融洽、热闹。

"这是民俗,更是文化。"在觥筹交错中,赵后年放下酒杯,思考着:国有史,地有志,家有谱,家谱、方志、正史是构成我国历史文化的三大支柱。随着经济社会的进一步发展,文化越来越成为人们的自觉向往。他在心里默想着,一定要持续办好晒谱活动,一年接着一年办下去,让它成为村民的心灵归属。

第三十五章　深化村史

　　在接下来的一段时间里，村里人津津乐道这盛大的晒谱活动有味、有劲、有文化。特别是年轻人，对家谱的认识也深入了一层。原来家谱还有这么多讲究，还有这么多奥秘，这里藏着他们祖先的密码，这里讲述着他们的起源，这里有着无穷的故事。不知不觉间，村里掀起了研究家谱的小热潮。

　　随着文化的兴起，刘卫东重新走进了人们的视野。这位沉寂了几十年的老人，快要被人们忘记了，现在一下成为人们追捧的对象。

　　"我们的家谱是什么样的？"有的村民迫不及待地找到了刘卫东，向他请教。

　　"我们准备续谱，请你当我们家族续谱的顾问。"已有人上门请他出山。

　　刘卫东忙不迭地招待着大家，清瘦的脸上显出难得的红润，额头上也渗出了汗珠。

　　村里人对辈分很有讲究，有喊刘卫东大叔的，有叫他老爷的，有叫他太太的，还有叫他大侄子的。这是乡里的规矩，该大还大，该小还小，谁也不能破坏。但今天刘卫东很高兴，向大家挥着手说："不要这么多客套了，叫我老头子吧！"

　　"哈哈，老头子！"这称呼也亲切，不知谁第一个叫了起来，大家也跟着叫了起来。

看到家里的人气越来越旺，老头子高兴得不得了，没想到老了还能冲上人们的"热搜"。他坐在躺椅上，笑呵呵地与前来的村民热烈地攀谈、讨论。他很享受这样的生活，与乡亲们谈古论今，把自己所了解的村史和知识倾囊授予后生们，这样，也不会给自己留下遗憾。

刘卫东要重新出山，他要为乡村文化事业做一点贡献。但他也是有原则的，他婉拒了众多村民让他当修谱顾问的请求，他有着更大的宏图，他要站在乡村文化的高度，把转水湾与全县的历史文化发展结合起来，仔细研究转水湾的演变和将来的发展方向，为乡村振兴提供文化的归属感，凝聚文化的力量。

"老骥伏枥，志在千里；烈士暮年，壮心不已。"刘卫东把自己的卧室整理成书屋，手写了这一幅字，裱起来挂在墙上，激励自己重新出发献余生。

研究村史不是在家里坐着，凭空想象不能出成果，这涉及田野考察、现场调查、历史档案查询，还有家谱考证，村民采访等一系列工作。但老头子干这个就来劲，他要把余生全献给这光荣的事业。

在研究中，刘卫东得出一个结论：转水湾的历史、文化与舒城县其他地区的历史、文化有着某种特定的缘分。这种缘分不是杜撰出来的，而是有着实际证据。

刘信是刘卫东最为崇拜的人物，几十年来，他每年清明节都要到刘信墓前献花、培土，清理墓旁的杂草和树木，还发动子女打通了通往刘信墓的一条小道。他认为刘信那种受辱不惊、甘于做事、踏实为民的作风很值得世世代代的人们学习。他为转水湾有刘信墓而感到光荣和自豪，说明刘信与转水湾有着千丝万缕的联系，与转水湾还是有缘的。

前段时间，国际灌排委员会第74届执行理事会公布中国安徽七门堰调蓄灌溉系统、江苏洪泽古灌区、山西霍泉灌溉工程、湖北崇阳县白霓古堰四个工程入选《世界灌溉工程遗产名录》。至此，中国的世界灌溉工程遗产已达34项，几乎涵盖了灌溉工程的所有类型，是全球灌溉工程遗产类型最丰富、分布最广泛、灌溉效益最突出的国家。

这令刘卫东高兴得好几天都没有睡觉。

"太好了！"

"太激动了！"

"七门堰为国家做出了贡献！"

"刘信为祖国做出了贡献！"

刘卫东到哪就宣传到哪，他要把他的自豪和兴奋分享给每一个人。他说："这是舒城人民的骄傲，是转水湾人民的骄傲，它不仅是水利的遗产，还是文化的遗产，我们要好好继承下去，做好我们当下的工作。"

七门堰申报世界灌溉工程遗产的成功令刘卫东倍感振奋，他要花更大的精力研究转水湾的文化。虽然孩子们怕这影响他的身体而极力反对，但刘卫东已不管这些了，越干越有劲。

"我只有干事身体才能好，在家闲着，身体反而不好，还是充实一点好。"刘卫东做起儿子的工作。

刘卫东发现，转水湾老百姓对周瑜有着特别的情感，这里流传着很多关于周瑜的故事，如那个商周时期的古民居的土墩子，据说在三国时期就是练兵场。即使在现代，住在古民居附近的村民，夜里还能听到战马的嘶鸣声。这声音千年不绝吗？非也，那是因为他们对周瑜的情感非同一般。

在转水湾，有一座池塘叫周瑜塘，平常总是干涸的，无论下多大的雨，只要雨一过，雨水就不知流到哪去了。但只要到了干旱季节，池塘就会神奇般地被灌满，灌溉着快要枯死的庄稼。这就奇怪了，但也找不到合理的解释，只好认定为是周瑜在大海里兴妖除魔，给百姓带来种种福荫。

这里有个很有名的故事就是胡底与周瑜的交集。这是相隔一千多年的不同时代的人，他们能有交集吗？当然有，文化的力量让两位历史人物走到了一起。

胡底小时候就经常听人说周瑜，还在妈妈怀抱的时候，爷爷、奶奶、爸爸、妈妈就向他讲周瑜的故事，并教他背一些关于描写周瑜的诗词。胡底确实很聪颖，只要讲起周瑜的故事，讲一遍他就能记住。他常把听到的周瑜故事再讲给其他人听，人们拍手称好。他搜索关于周瑜的诗词，看一遍就能记住。他经常随口背诵"大江东去，浪淘尽，千古风流人物"，慷慨激昂、意气风发。他常说，我长大后，就要当一个像周瑜这样的大英雄。

从此，他的心里就种下了周瑜的种子。他开始遍访关于周瑜的古迹，搜寻关于周瑜的传说。他来到了练马墩，据说这是当年周瑜练兵的地方，他虔诚地凭吊，研究这里的地势、水形；他又来到一个叫复元村的山洞，因为听说这是周瑜藏兵的地方，他看山洞的大小、容量，看能藏多少精兵；他甚至来到了汤池，因为听说周瑜带兵在这里打了第一仗，杀得敌人丢盔弃甲。人们说，胡底成了周瑜迷，被周瑜迷上了。

后来，胡底通过努力考取了舒城中学，之后又前往北京读书。在北京，他接触了马克思主义，成为一名坚定的共产主义者，走上了革命的道路，直至为党牺牲，被周恩来誉为我党的"龙潭三杰"之一。

以前，刘卫东没在意这些传说和故事，现在把它们拢到一起，他发现周瑜在转水湾真的是无处不在，与人们的生活如影随形。看来，周瑜已深入村民的心灵和骨髓了。文化润无声，沁人心脾，这话真的不虚。

在转水湾有几户姓文的，虽然是小姓，但他们家的孩子不是上清华，就是上北大，这引起了刘卫东的兴趣，研究文化就要透过现象看本质。他发现文家特别注重教育，一户叫文清明的，家里非常贫困，前几年还是村里有名的贫困户，但对于儿子的教育，家里真是砸锅卖铁也要供孩子读书。孩子的父亲有病，不能干重体力活，孩子的母亲就到外面打工贴补家用，但孩子后来上了高中，母亲就回乡专程在县城租了房子陪读。虽然这让全家一下陷入了贫困，但他们仍是勒紧裤腰带陪同孩子读书，直到孩子考上清华。

研究发现，转水湾文家自称是西汉时期文翁的后代。现在有足够的证据证明，文翁是舒城县春秋乡文冲村人，转水湾离文冲并不远，他们可能是从文冲迁徙过来的。他们弘扬着文翁对教育的情怀，"一等人忠臣孝子，两件事读书耕田"是他们祖祖辈辈的家训。这样理解文氏后人人才辈出也就在情理之中了。

都是文化人，又是家乡出来的大教育家，刘卫东对文翁展开了深入的研究。他被这位大教育家、私学的创办者深深地震撼了，他数次自费奔赴文翁曾经办学为官的四川等地考察，了解文翁的功绩。

"一定要继承发扬文翁的治学精神和教育情怀。"从四川回来后，刘卫东深有感触地对各级领导发出呼吁。

"这是标杆和大旗啊！"刘卫东常常来到春秋乡文翁纪念馆，久久地凝视，一种担当和责任涌上心头。

纪念馆里的人物从数千年的历史中走来，在中国的大地上写下了他们浓墨重彩的一笔，在转水湾留下了他们生活的印迹，这是转水湾丰厚的历史文化宝藏。刘卫东突发奇想，要不要建个转水湾文化博物馆，把这几千年的文化来个总结展示，从千年的文化中汲取营养，提升文化自信，为当下工作提供精神的力量和支撑？

"这是一个好主意。"当赵后年和王成杰看到刘卫东送来的《关于建设转水湾文化博物馆的建议报告》时，不禁为他的执着和远见所感动。

"历史不能割裂，文化更要传承，文化是推动我们前行的巨大力量。"王成杰对文化有着自己的看法，"转水湾从千年中走来，在长期的繁衍生息和向自然的斗争中，形成了一种属于自己的精神和灵魂，这种精神和灵魂既与周边的人和物有着千丝万缕的联系，又有着某种属于自己的特性，这就是文化。这种文化浸润在我们的基因里，虽然平时我们感觉不到，又摸不着看不见，但它就如同身体里必不可少的营养剂，滋养着一代又一代的人。"

王成杰边思考边说："中华人民共和国成立以来，这里的人们无论参与龙河口水库的建设，还是脱贫攻坚、乡村振兴等工作，都表现出那种坚忍不拔和愈挫愈勇的劲头，这种干劲我们可以从文化上找出源头。刘信、文翁、周瑜、胡底、吴展，这些杰出的人物，都与转水湾有着密不可分的联系，他们在那个时代所表现出来的精神，就这样被有形和无形地传承下去，成为当今人们丰富的营养，哺育着一代代的转水湾人民。"

第三十六章　难舍转水湾

不知什么时候，村门口已聚集了大批群众，他们围拢在王成杰、赵后年和刘卫东的周围，倾听着他们的谈话，聆听着王成杰队长的思考感言。不知是谁突然鼓起掌来，才惊动了王成杰他们。

"大家都来了，好！好！"王成杰搬来了板凳，把乡亲们让进来，为他们倒茶让座。张小云、袁望、春霞也来了，赶紧帮助王成杰料理这些杂七杂八的事。

今天没有通知，为什么村民突然来得这么齐？王成杰丈二和尚摸不着头脑。大家落座后，王成杰悄悄问坐在身边的春霞。

"哈哈，大家听说你要回城，我们舍不得你走，都来挽留你。"春霞抬起俏皮的双眼，看着王成杰。

"是呀，王队长不能走。"人群中，突然冒出了老队长袁孝存一句浑厚的嗓音。

老队长来了，赵后年和王成杰的目光顺着声音找下去。

年近九十岁的老队长精气神依然很好，他走到了台上，大家赶紧给他让座。

"这些年的工作，我也看在眼里，你们是真正的八路军作风呀。"从不轻易表扬人的老队长今天用了八路军作风来赞誉村里的工作人员，着实让村"两委"成员受宠若惊。

"过誉了，过誉了。"王成杰和赵后年谦让道。

"金奖银奖不如老百姓的夸奖，金杯银杯不如老百姓的口碑。"老队长白色的眉毛下，两眼深陷，但眼里的慈祥目光是那么温暖。

"王队长不能走！王队长不能走！"台下群众的呼喊声一浪高过一浪。

赵后年赶紧站了起来，示意大家不要激动。

"王队长走是要走的，一是组织工作的调动，二是他回去会有更好的发展，我们应该祝贺他。"赵后年平复了一下自己的心情，继续说，"王队长给我们村里干了许多实事，帮助了许多人，这是三天三夜也说不完的，我们每个人都深有体会。但王队长为什么会有这么大的干劲和情怀呢？他的身上是不是有一种精神和灵魂在支撑着他？我们在他的身边，是不是感到有一种磁场始终吸引着我们？"赵后年很有感情地说，"我们不能留住王队长的身，但我们一定要留住王队长的精神和灵魂，这是他给我们的最大的财富。"

台下恢复了平静，大家静静地听着，觉得赵后年说得太有道理了。

不知不觉间，赵后年又把话题联系到了文化上。

"我们刚才一直谈论转水湾的灵魂，王队长的精神和干劲与几千年来形成的转水湾的精神是不是很相似呢？是不是有一种一脉相承的感觉呢？我们转水湾村从商周时期的古民居到刘信，到文翁，到周瑜，到胡底、吴展，几千年来，他们坚忍不拔、愈挫愈勇，王队长是不是也是这样呢？"

"王队长过来的这几年，带领大家脱贫攻坚，推动乡村振兴，这在转水湾历史上是了不起的大事。"赵后年有了自己的思考，他讲得越发畅快起来，"所以我们要留下王成杰队长干工作的精神和他务实的作风，他的精神是转水湾这块土地上千百年来形成的文化和精神的集中体现。"说着，赵后年拿出了刘卫东刚才递上来的报告，"刚才刘卫东老先生呈交上来一份报告，建议建设村文化博物馆，这是很有创意的。把我们村里的根留下来，把我们的文化传承下去，把我们的事业一代一代发扬光大，这是很有意义的一件事。王成杰队长是转水湾精神的接力者，并真正践行了这种精神，我们要接过王成杰队长的接力棒，学习他的精神，学习他那种劲头，他就会一直在我们的身边。"

会场爆发出了热烈的、持续的掌声。袁孝存队长不住地点头，他觉得这届村班子成长起来了，他们看问题更有深度，更有一种历史的纵深感。

王队长与村民们一一握手，然后坐上了村民熟悉的那辆灰色的车子。这辆车是他到村里上任时，从家里带来的，这么多年来，一直跟着他。村民们心里都很清楚，这辆车也是村民们的公交车、急救车。只要哪家有事，需要用车，王队长无论是半夜三更还是赤日炎炎，他总是及时赶过去，当好大家的司机。

他摇下车窗，与村民们一一告别，车子慢慢地向前滑行着，谁也不忍第一个离去。

"快走吧，不要再耽误了！"海波的母亲赶过来。她掩面抽泣着，不停地用手帕擦着红肿的双眼。看到大娘这样，也许受到感染，人们纷纷小声地抽泣起来。

"带棵香椿苗作为纪念吧。"春霞冲到了王成杰的车门前，递上了一棵她亲手制作的香椿苗模型。

人群开始涌动起来，他们想要以某种方式表达自己的心意。

"大家不要这样呀，我们应为王队长的高升而感到高兴，我们要让王队长尽快出发。"袁孝存老队长强装笑容鼓励大家。他代表大家使劲地向王成杰挥了挥手，王成杰加大了油门，车子呼啸而去。

本书是2024年度安徽省科研计划编制项目文化强省战略下皖西地域文化的传承创新及弘扬策略研究成果之一（项目批准号2024AH040281）